不完满才是人生

丁立梅 著

人民东方出版传媒
People's Oriental Publishing & Media
东方出版社
The Oriental Press

图书在版编目（CIP）数据

不完满才是人生 / 丁立梅著 . 一北京：东方出版社 , 2022.4
ISBN 978-7-5207-1779-3

Ⅰ. ①不… Ⅱ. ①丁… Ⅲ. ①散文集－中国－当代 Ⅳ. ① I267

中国版本图书馆 CIP 数据核字（2021）第 222406 号

不完满才是人生

（ BUWANMAN CAISHI RENSHENG ）

作　　者：丁立梅
策 划 人：王莉莉
责任编辑：王莉莉　贾　方
产品经理：贾　方
整体设计：门乃婷工作室
出　　版：东方出版社
发　　行：人民东方出版传媒有限公司
地　　址：北京市西城区北三环中路 6 号
邮政编码：100120
印　　刷：小森印刷（北京）有限公司
版　　次：2022 年 4 月第 1 版
印　　次：2022 年 4 月第 1 次印刷
印　　数：10000 册
开　　本：680 毫米 × 940 毫米 1/16
印　　张：15.5
字　　数：177 千字
书　　号：ISBN 978-7-5207-1779-3
定　　价：46.00 元
发行电话：（010）85924663　85924644　85924641

我很期待明天我会遇见什么，
我很贪恋这个尘世的烟火和温柔。

目　录

CONTENTS

第三辑 不完满才是人生

CONTENTS

第六辑 第 N 个"树洞"

第 一 辑
每一粒时光，都含着香的

十年后的春风在等你。二十年后的冬雪在等你。三十年后的老酒在等你。四十年后的月色在等你……每一粒时光，都含着香的。

绿阴幽草胜花时

丁老师，我该怎么办？

我很喜欢我初中时候的一个语文老师，希望以后能跟她重逢。我得躁郁症有七年了，之前做过很多伤害她的事情，比如让别人打电话骚扰她，等等。其实我也不想这样做，但是因为之前生病很严重。她后来也知道我生病这件事情，她说她不会记恨，但也做不到真正释怀。

我今年二月份因自杀进医院，这次住院彻底改变了我原来不好的状态，这次药物调得很成功，从那以后也没有再骚扰过她。我现在还是默默追随她。

我从小就很喜欢文学，现在在学汉语言文学的自考。但我不知道她会不会原谅我，我以前在学校的时候跟她关系挺好的，就像好朋友一样，但是出了那些事情以后，她说从来没有把我当朋友，对我和对其他学生没有区别……可是发生那些事之前她不是这样说的，她以前经常说，看到我对她信任，她很高兴，也经常主动对我笑。我知道是我自己做错了很多事情，但是我那个时候确实控制不了自己，也很后悔。我不知道我和她还能不能回到从前……

您的读者

亲爱的，你好。

生病是一件很辛苦、很孤独的事，抱抱你，你辛苦了。

很替你高兴，你走过来了。愿你从此不再受疾病困扰，身心皆舒展。悄悄儿说一句，今后不管遇到怎样的苦痛，你都不要再动自杀的傻念头，那不算英雄好汉，那是懦夫。记住，好好活着，才是天底下最大的事。

过去的事情，都成了往事。对与错，是与非，爱与不爱，都已翻过去了，再后悔也回不到从前了，咱就不要再执着了，好吗？记住那些好，蕴藏于心，化成前行的力量，往前走吧，你还会遇到一些美好的人，美好的事。到时，做到格外珍惜就是了。

现在，窗外一个绚烂之极的春天就要过去了，曾经它是那么好，百花齐放，融融洽洽。可再好的春天也是要走的呀，我们不必为之伤感，不必徒劳挽留。我们遇见过它，被它的春色抚慰过，就很好了。下面有一个夏在等着呢，夏虽没有太多的繁花争妍斗艳，没有成群结队的蜂飞蝶绕，可它有满把满把清新的绿呀，"绿阴幽草胜花时"呢。

人生的每一个阶段，都有每一个阶段的好，我们经历了，无悔了。该丢的要丢开，该记取的记取着，路是往前走的，明天在前面等着。好好爱着今天，奔着明天而去，这是对自己的一种体贴。对转身而去的人和事，不打扰，不纠缠，也是一种体贴。

愿你开心。

梅子老师

每一粒时光，都含着香的

梅子老师：

您好！

有很多话我没办法讲，现在我已经有很严重的抑郁症了。可是我不敢跟父母讲，我只是一个学生，连去医院都没有资格。而且我也很怕，我现在已经开始强烈讨厌身边的每一个人了，包括父母。

我总能在别人身上看到人性的劣根，我知道每个人都是不完美的，但是没必要用一些心机来应付生活。我想活得轻松一些，可是我父母反反复复提醒我，要认真且一丝不苟地活着，因为他们为了我读书，为了我可以考好的大学，拼了命为我争取机会。

但是我现在满脑子只有死亡，我不敢讲，真的谁都不敢讲。每个人都想过自杀，可是很多人都没有这样做，因为生活中有太多惧怕的，怕父母掉眼泪，怕朋友、亲人伤心难过，怕这个世界再也没有自己的痕迹。可是现在我这种惧怕的感觉越来越弱，我怕自己有一天真的什么都不畏惧了，这个时候的我一定濒临死亡了。我知道这个危险在逼近，可是我却手足无措，我到底该怎么活下去？

您的读者

亲爱的宝贝，我在。

谢谢你把心里话跟我讲了。来，让我抱抱你。

患了抑郁症，说明咱的精神免疫力降低了，这没什么的。这就像我们偶尔会患上感冒一样。治愈感冒的办法，最快速的是打针吃药，也有的靠大量喝水，也有的靠运动出汗。总之，只要积极配合治疗，不几日，也就能恢复健康了。

治愈咱的抑郁症，也是如此。有病咱就治，你不要回避它，不要害怕它，那样只会使它越来越猖狂。疾病如弹簧，你弱它就强。你强，它自然也就弱了。

你得告诉你的家人。他们是你最亲近的人哪，为你，他们愿意千千万万遍奉献。所以，不要怕讲出来后他们会伤心，会失望，相比较于你的隐忍不说，和你的自我沦陷，那实在算不了什么。要是你真的出了什么事，那才叫他们痛不欲生哪。如果事后他们得知了缘由，他们该多么恼恨对你的"无知无觉"，痛悔和自责会让他们痛断肝肠。亲爱的宝贝，那个时候，对你的父母来说，他们情愿失去全世界，也不要失去你。

宝贝，请给你的家人一点信心好吗？让他们和你一起，共同面对抑郁症这个"小妖精"。从此，你不是一个人在战斗了，你有你的团队呢。相信，用不了多久，这个"小妖精"就会被你们打跑的。

这期间，你要做的，是积极调整好你的心态，不要让自己长时间陷在坏情绪中，不要放大生活中的那些缺陷和不圆满。要知道，花半开，月半圆，这才让我们的人生多出许多的回味和期待。

宝贝，掐掉想自杀的念头，尽量少想死亡的事，多想点活着的好。你还年少，还没有碰上自己的意中人呢，你难道就不好奇那个人长什么模样吗？世界这么大，你到过哪些地方呢？你在布达拉宫的平台上望过燕子飞吗？你在新疆的草甸上望过雪山吗？你在西双版纳的丛林里遇过蝴蝶吗？你在莱茵河畔漫过步吗？你在科罗拉多大峡谷望过瀑布吗？你在丽江的书吧里看过书吗？你在洱海边听过风吹吗？你在松花江畔品尝过俄罗斯冰淇淋吗？你在雪乡里喝过北大仓吃过冻柿子吗？

亲爱的宝贝，十年后的春风在等你。二十年后的冬雪在等你。三十年后的老酒在等你。四十年后的月色在等你……是的是的，咱好不容易来这人世走一遭，总得把这世上的所有酸甜苦辣一一尝到，才不枉活过一场。咱又如何舍得旅途尚未正式开始，就提前下车了呢？

来来来宝贝，什么乱七八糟的事，咱都不要去想了，反正天不会掉下来，地球还在转着，再大的事，大不过天去，大不过地去，还有什么想不开的呢？咱就读点书吧，听点音乐吧。实在没兴趣，咱也可以看看天上的流云，听听一片叶子在风中唱歌。如果你愿意细细地去品，每一粒时光，都含着香的。

宝贝，咱就试一试吧，对这个世界笑一笑，你会发现，世界也会还你一个笑。好好地活着，是件很美妙的事呢。

梅子老师

画一个雪人送自己

梅子老师:

　　您好!

　　对不起,我又来麻烦您了。开学半个月了,在学校待了 15 天,不知道为什么,学习没有动力,没有了激情,浑浑噩噩的,每次小测试也都考不好,总感觉很累。

　　在学校也很想家,军训期间和开学的第一个星期,一给我妈打电话就哭,星期六我妈去看我的时候,我晚上请假回家了。不知道为什么在那就是不太想学习,但周围的同学都很努力,而我……

　　我也想好好学,但就是没有从前的激情了,我想找回初三刚开始时的那股拼劲,但怎么也回不去了。我一回家爷爷奶奶也在那安慰我,让我好好学,不会就问。他们都是农民,没有什么文化的。我爸在外面上班,也是给我打电话,问问我怎么样了。我妈也是竭尽全力地对我好,一直鼓励我。我不想让他们失望,但状态一直不好,每次我遇到一个挫折和困难,咬牙坚持下来,等待我的不是彩虹,而是又一个困难。

　　下午又要去学校了,希望梅子老师指点一下,让我把状态调整好,谢谢梅子老师。

梦影

宝贝，向你道一声：辛苦了！

初三阶段的最后冲刺，让你用尽了浑身的气力，你现在，只不过是进入了身体的疲惫期。虽你不想如此，可身体有时不随我们的意志而转移啊，它累了就是累了，它不会欺骗我们。

又，人的情绪也是会波澜起伏的，有高潮，必有低谷，你眼下正经历着情绪的低谷期。这非常非常正常，就像秋天再斑斓华彩，冬天也还是会来，大地几乎在一夜之间就被寒冷和肃杀垄断了，再不见丝毫绚烂。这个时候我们诅咒冬天有用吗？着急和哭泣能改变什么吗？当然不能。那我们何不放宽心，坦然接纳这个冬天，让心慢慢沉淀下来，换个角度，打量一下眼前的冬天，享受它的干净、简单和安宁，充满期待地等着一场雪的到来？即便最后等不来雪也没关系，我们可以画一个雪人送自己。不知不觉地，你以为难捱的冬天，就这么悄悄过去了，春天的脚步轻盈而来，你又将迎来一个世界的明媚。

宝贝，不要急，适当放松一下自己是不要紧的，不要怕你一不努力，就让别人超过了。神经之弦也有它的承受度呢，当弦绷得过紧，必会断的。再说，你的同学也不是钢铁之躯，他们也有他们的身体疲惫期和情绪低谷期，只是你不知道罢了。

是的是的，你目前要考虑的不是如何不负众望，而是怎样让自己快乐起来，一个人只有在快乐中，做事情才不会感到吃力，效率也才会提高。去听听好听的歌吧，画点好玩儿的画吧，哪怕就是对着天空发发呆也好。你也可以把小心情写在纸上。我一直以为，抒写是缓解情绪的最好方法。学习掉下来一点也没关系，等咱调整好心态了，咱还是元气满满的美少女，稍稍一发功，"噗"一下，就又赶上去了。

祝你快乐!

梅子老师

只要天没有塌下来

我在一个学校做讲座，讲座完了后，一些孩子拿着自己的作业本或是书来让我给签名。他们争相跟我拥抱，有的孩子还调皮地在我脸颊上左啄一下，右啄一下，跟小鸟啄食似的，礼堂里充满快乐的笑声。就在这时，一个小女生挤过来，她手里捂着一张小纸条，不声不响地递给我。我笑着问她，是写给我的吗？她不说话，冲我严肃地点点头，脸上一丝笑容也没有。我接过纸条，展开一看，大吃一惊，只见上面写着这样一行字：

谢谢你刚才的演讲。如果你今天没来，我现在已不在了。

我张开双臂紧紧抱住她，一时不知说什么好了。后面的孩子在催她，你快点呀快点呀。我低头，迅速在她递给我的书上写下了这样的话：

宝贝，请记住，这世上，再也没有比好好活着更重要更有意义的事了。

我附上了我的电话号码，嘱她，若有什么不开心的事，你打电话告诉我，我们一起来想办法解决。无论什么时候你打我电话，我都在的。宝贝，请你一定要爱自己好吗？

她认真地看着我，低低道了声"谢谢"，挤出了人群。小小的身影，如水花一现。

——题记

宝贝，你好。

我已回到我的城。一放下行李，我就迫不及待坐到书桌跟前，想跟你好好说会儿话。

从昨天下午到现在，我的脑子里全是你。那么多活泼的孩子里面，你也是青嫩的一个，本应该也是活泼的热闹的，如盛开的花朵一般的。但你，却了无生机。我不知道你的小身体里，到底在承受着什么样的打击，让你想逃离这个人世。这个人世，是有着太多的不好，让我们碰着磕着，痛得流泪，甚至流血。然而，它也有着很多美好的事情，慰藉着我们的眼睛和灵魂。比方说，眼下的这个秋天，就叫人欢喜。

你知道吗，昨天在给你们做讲座之前，我把你们的校园走了一遍。我看到秋天，正踩着碎步，在你们的校园里漫游。它徜徉在好大的一片银杏林里，那里，已描着一片一片的金黄。用不了多久，它将给你们端出一树一树的灿烂，如同挂满黄金。

它又在你们的教学楼附近转悠，那里，长着好多棵桂花树，浓密的枝叶间，已缀满了花苞苞。再过三五日，将是满校园都喷着香了吧，桂子月中落，天香云外飘。我想象着，你们读书时，刚一张嘴，哇，就咬了一口桂花香。你们低头写作业时，哇，那桂花香，像打了蜡似的，滑溜溜地溜到你们笔底下去，把你们写下的每一个字，都染得香喷喷的。你们在课间聊天，那桂花香，在你们的话语里乱窜。你们去食堂吃饭，去宿舍睡觉，都是踩着花香而去的。

多好玩儿啊！

　　我还看到一串红开在池塘边。一池的锦鲤，在池子里快乐地游弋，像开在水里面的花朵。它们听到有人拍掌，就全都游了过来，嘴一张一合的，以为是要给它们喂食呢。你说它们傻不傻？都说鱼的记忆只有七秒，可它们怎么就记住了人的掌声？这很有意思的是不是？

　　是的，生活就是这么有趣这么好玩儿，如果你愿意去亲近的话，叶子会为你跳舞，花朵会朝着你微笑，天空会为你歌唱，鱼会为你游弋。宝贝，我们活着是为了什么呢？就是为了发现并爱上这些小美好啊。

　　如果因为一次跌倒、一场打击、一次不幸，我们就放弃了整个人生，那真的很对不起我们自己。尤其是你，你的人生才刚刚开始，就像一枚芽苞苞，它后面还要长叶，还要开花，还要结果，还有大把大把的好时光，艳丽斑斓。你又怎么舍得离开这个人世？

　　宝贝，你拥有明亮的双眼，你拥有矫健的双腿，你拥有青嫩的生命，这些只属于你，不要浪费它们好吗？不管你的世界里发生过什么，只要天没有塌下来，人生总还可以继续。快乐来时，我们享受快乐。痛苦来时，我们迎向痛苦。无论是身处黑暗里，还是光明中，只要坦然相待，就没有什么东西能压垮我们。

　　宝贝，你对这个世界来说，也很重要，有你在，这个世界便多了一份鲜活。好好爱自己，好吗？等着你把你的未来告诉我。

梅子老师

找回步入阳光的能力

梅子老师：

您好！

我是一名高三的艺考生。有时候我觉得，外表乖巧的我，心底总有叛逆在隐隐作祟。十八岁的年纪，我去文了身，开始抽烟。

记得小时候看你的文章，有个女孩在手上刺了一个"爱"字，她哭着和你说，她想要爱。我觉得小小的她，真的很像现在的我。很愧疚，读您的书，却并没有长成像您一样温暖的人。记得您当初来学校做讲座，温温柔柔地喊："宝贝儿，宝贝儿。"心都要被您叫化了，变得柔软。

而彼时此刻，我已经连续十多天凌晨三四点才勉强得以入眠。烟好像成了一种药，身上的文身不说话，安静地陪着我度过每一个不眠的日子。您笔下的生活甜美安宁，我也曾在这样美好的时光里成长。现在阳光依旧温暖，微风依旧和煦，可我总是觉得很冷，很冷。

玮玮

玮玮，你好，读你的信，我的心一个劲儿地往下沉。想你文身时，该多疼啊；想你抽烟时，烟该多呛人啊；想你难以入眠时，身体该有多煎熬啊。倘若你是我的女儿，我该多么自责和无地自容。

推己及人。玮玮宝贝，你也是有父有母的人，当他们得知了你生活的真相，他们该有多难过。我们可以借青春的名义叛逆、张狂、率性而为，但当这些行为触及生命的底线——健康和正常的生活时，我们就应该懂得反思和及时刹车了。

我不想询问你到底遇到了什么难解的结，那没有任何意义，因为发生的，都已发生。或许，本就没有什么结，你只是陷入了青春期的迷惘中。不管是出于什么原因，宝贝，我都不希望你用毁灭自己的方式，来麻痹你自己。这种做法非常的蠢，因为你所有的伤，都必须靠你自己慢慢养。况且将来，你说不定有多悔恨呢。

我曾遇见过一个二十八九岁的女孩子，她在商场里做营业员。她的手臂上，文着一条巨蟒，触目惊心着。她把她的手臂拼命地往袖子里藏，脸红红地跟我解释，年少时不懂事，现在洗也洗不掉了。我笑了笑，我并不介意她的文身，别人或许也不介意。但是，她介意，年少时的"伤疤"，已烙在她的生命里，不是轻易就能去掉的了。

我遇见另一个女孩子，是做家政服务的。她给我留下深刻印象的是她的笑，她的笑太感染人了，像风吹过铃铛一样，叮叮当当，清脆入耳。她麻利地扫地擦窗子，一边跟人讲着什么笑话，听的人还没怎么笑呢，她已叮叮当当笑个不停了。她一笑，全世界的阳光似乎都跑了来，让人觉得特别的明亮和愉悦。

我以为她是天生的乐天派。但她说，不，我曾经也灰暗过一段日子呢。曾经，她是家里的小公主，父母是做生意的，锦衣玉食惯着她。她念书时，也就没怎么好好念，想着反正家里有钱，她日后不愁生活没着落，又何必辛苦读书呢。但生意场上的事，谁说得清呢？昨天还是家财万贯，今天也许就家徒四壁了。在她高中毕业的时候，父母的生意一落千丈，连住房也被卖了抵债，父亲出去以酒买醉，在夜归途中，出了车祸，当场死亡。母亲精神大受打击，一病不起。那个时候，她从云端一下子坠落到泥地里，哭天抹地，连死的心都有了。可是不能啊，母亲还要靠她照料。她出去找工作，因学历低，处处碰壁。她灰心过，颓败过，但最终她自己站了起来。她报了家政培训，一点一点跟着学习，渐渐地，在这行里做得熟练起来，出色起来，有了自己的团队——阳光家政服务公司。她说，在阳光里生活，就要有步入阳光的能力。说完，她又叮叮当当笑起来。

我真是喜欢她的笑，仿佛身上装着个小太阳，一笑就光芒万丈。拥有这样的笑容，尘世再多的艰难，都可以越过去的吧。玮玮，你若笑起来，会不会也像这个女孩子一样，叮叮当当清脆入耳呢？不管过去有过什么不快乐，我们统统原谅它好吗？从现在起，把烟戒了吧，一日三餐好好吃，一天一觉好好睡，太阳好的时候，仰起自己的脸，让太阳晒晒。没有太阳的时候，在心里给自己画一个太阳，对自己笑一笑。

是的，我们要先抱紧自己，给自己取暖，打开心扉，接受阳光。然后慢慢，你也就会找回恢复阳光的能力了。

梅子老师

世界如此动人，如此缤纷

梅子老师：

　　您好！我是一位初三学生，而且也是一位抑郁症患者。我觉得您一定很讶然，一个十多岁大的孩子居然会有抑郁症。嗯……我即将面临中考，然而我的成绩简直不堪入目，甚至毕业都成了问题。可是，我实在不喜欢学习，是啊，谁喜欢学习？不过是为了完成那九年义务教育，我或许是没用心吧，可……我用心不起来。

　　我有一个爱好，就是画画，我可以用心地去画一幅画。现在，我在爱好和学习中要选择一个，我的父母，也不能多说什么，因为我的抑郁症。所以想请您给我一些建议。

您的读者

你好啊，宝贝，我没有讶然呢。

生病嘛，是件再正常不过的事。谁的一生中没有生过病呢？至于我们在什么年纪生病，会患上什么病，这是由不得我们选择的。这就好比天要刮风它就刮风，要下雨它就下雨。春天的时候，还会刮龙卷风呢，还有沙尘暴呢。所以呀，不要觉得你是特殊的。

你不喜欢学习，我把它理解为你只是不喜欢做老师布置的那些作业。宝贝，那些物理、数学的运算，若是对你造成很大的困扰，你实在喜欢不起来，那就先放一放，咱又不要做物理学家或是数学家。但书，我还是建议你要读一些，比如文学的，比如历史的，比如地理的。遇到一本好书，就等于结交到一个顶好的朋友，它可以帮你打开又一扇认识世界的窗，让你体验不同的人生，给你带来精神上的富足和愉悦。

你喜欢画画，这是相当棒的一件事。你可以画下去呀，未必要成为一流的画家，只为自己的这份喜欢，天长日久坚持下去，也是了不起的成功呢。也许，画着画着，你就画出一番新天地了。

倘若你能把读书和画画融会贯通起来就更好了，当你拥有了一定的文学素养，对画面的理解与构图，会更有自己的独到之处的。所有的艺术，都是相通的，尤其是文学、音乐与绘画之间。鉴于此，我还是要叮嘱你，多读点好书吧，多听点好的音乐吧，这对你的整个人生，是有很大的帮助的。

宝贝，我不希望抑郁症成为你的挡箭牌，让所有人都对你小心翼翼着，让你肆无忌惮地自我抛弃自我沉沦。我希望你能及早从抑郁症的阴影里走出来，世界如此动人，如此缤纷，多少的美景，等着你一笔一画去画出它们呢。

宝贝，你会拥有自己的灿烂的，只要你愿意好好地走下去。

梅子老师

山不过来，我过去

丁老师：

您好！

我是伏兮，一名抑郁症患者，我喜欢穿极具个性的衣服，因为我喜欢别人看我时惊艳的目光，我喜欢众星捧月的感觉，因此我在别人的眼里是一个性感自信骄傲热情的人。其实这些都是我装的，实际上我是个具有社恐、隐藏着自卑、温柔安静的姑娘。我恶心头晕，心口一阵阵地疼。

家里人一直都认为我情绪很好，确实一开始是很好。但是在家时间长了，我就感觉他们都对我有意见，各种嫌弃，我还要天天装作听不懂无所谓的样子，装作迈过了那道坎，瞒了好多人。其实我迈不过去，也放不过自己。

我每天都很想发脾气耍性子，好好地发泄我的情绪，但我也知道这样做的后果，他们肯定会说："你现在怎么变成这样了，这么不听话，我说你两句还不行了是吧？你为什么不好好说话？小孩子家家的脾气不小呀。"我想变成这样吗？我也不想呀，我明明每天都好好吃药了，为什么还是好不了？

妈妈每天说，难道你就这样逃避，逃避是小孩子才做的，你都多大了。可我明明就是小孩子呀，遇到事我就想躲，不开心我就换头像，对着手机发呆，对着手机哭。他们从来都不了解我，脑回路从来都不在一个频道上，眼泪心事等任何事，被子和枕头都比他们知道的多，他们从来都不知道我半夜会哭得喘不过气，晚上会因为腿疼睡不着，会因为无缘无故的燥热难受。

曾经我以为我是一个非常幸福的人，现在我发现我想多了。以前我过生日他们好歹打电话跟我说声"生日快乐"，发个红包，现在他们都在我身边了，怕他们忘了，我提醒了他们好多次，在生日当天我都提醒了。他们说过生日就过生日呗。从我记事起，他们就没给我过过一个正式的生日。每次我弟过生日的时候，他们都提前几天给他订蛋糕，做一大桌子的菜，过生日的视频发朋友圈，发抖音。可我呢，什么都没有，过生日那天被他们各种数落，没有一个人跟我说"生日快乐"。晚上八点多我自己给自己买了一块蛋糕，一个人默默坐着在路边哭着吃完。我真的好想问一句凭什么，凭什么我要一个人吞尽所有的委屈，躲在角落连吭都不能吭一声？凭什么认为我是装的，就是不想上学？凭什么你们要认为你们很了解我？凭什么认为我变了，变得不可理喻了，变得不懂事了？我又凭什么要懂事呀，就是懂事才把我害成这样，很多事情压得我喘不过气。

我现在很敏感，安全感很低，他们无心的一句话也会让我难过一整天，我难过也不会让他们看出来，免得他们又说我矫情、小心眼、无理取闹。我生气了我心软，他们哄一下就好，可他们哄的时候都漫不经心。他们对我的承诺他们忘了，可我都记得，他们能不能别对我承诺了，他们不实现我会失望的，我怕我走不出来。

最近老是做梦，不是梦见我自杀了，就是梦到我杀别人了，我现在怎么这么可怕，太恐怖了。今天我刷到一个新闻，一个十四岁的小孩从二十多层楼上跳了下去，他没有喊"救命"，而是说"终于解脱了"。他解脱了，那么，我呢，什么时候解脱？家和学校就像沼泽一样，陷进去了，要想爬出来太难了，疼得无法呼吸。我喜欢读书，丁老师所有的书我都读过，只有读书我才会忘记痛苦，获得短暂的安宁。

老师，你说我要是熬不过去怎么办？抑郁真的好可怕，我好想吃完医院给我开的安眠药，永远也醒不过来。

伏兮

亲爱的宝贝，你好。

来，到阿姨的怀抱里来，让我抱抱你。

我刚刚伏在阳台的窗口，什么也没做，就是闭着眼睛，听风吹。今日立秋，天上聚集着无数朵好看的云。在我闭眼的时候，我确信，肯定有几朵被风吹得掉下来了。它们掉在栾树的枝头，变成花苞苞了吧？栾树快开花了。

这是活着，可以见到季节的转换，如此的明媚动人。

其实，这些天我的心情也有点儿小压抑，我不得已辞掉我的工作，在我无法兼顾到写作和教学时，我选择了写作，放弃了几十年的教师职业。人生有时要做很多选择，放下，才能拥有吧。然放下哪那么容易，总伴随着疼痛在里头。可终究，我们要翻开新的一章，重新书写人生的。

宝贝，你也是，有什么放不下的呢？咱放下伪装吧，做真实的自己，是怎样的一个自己，就做怎样的一个自己。人不是活给别人看的，而是要活成自己的小宇宙。疼了，就喊出来。想哭，就哭一场。允许自己有些小任性，允许自己把自己当小公主。你还处在一个不要你操心柴米油盐的年纪，生活相对来说，还比较简单，那么，就好好做你的美少女吧。

父母的思维，跟你无法同频率，这个也正常。他们离做孩子的时代远了，渐渐忘记做孩子是怎么一回事了。咱就原谅他们的忘性大吧，不去跟他们多做计较。因为计较的结果，只能使你陷入更深的苦恼中去，这又何苦呢？既然改变不了他们，你就改变自己。有句话讲，山不过来，我过去。你就把他们当作一座山好了。他们不记得给你买生日礼物，你就用他们的钱，自己买了送自己，就像你自己给自己买生日蛋糕一样。不过，不要躲着一个人吃，而是要请他们一起吃，看他们惭愧不惭愧！如果你表现得落落大方一些，如果你的心胸开阔一些，结果会很不一样呢。我想，你的父母会很乐意你跟他们分享你的快乐的。

宝贝，有什么不满，咱就好好说出来。人与人是需要真诚地沟通的，谁也不是谁肚子里的虫儿，知晓对方肚子里的事情。家人之间，并没有什么原则性的纷争，有什么问题不能解决的？佛说，千年修得同船渡。你看，同船一渡都要修个千年才成，那父母子女一场，要修多少年才等来这缘分？咱好好珍惜吧。

如果能回到学校去，我还是建议你回到学校去，把学业完成了。学习的事，任何人都替代不了你，你必须自己去做。尽管艰难，还是要做。因为，这是我们立足于这个世界的资本。等你走过这段时期了，回过头来，你会发现，唯有学习，才是你这段时期最大的收获。

不要怕抑郁，它不就是想让你不快乐么？咱偏不如它所愿！咱想唱时就大声唱。你看，山川河流多么壮丽！你看，天空的变化多么奇妙！未来有那么多美景等着你去赏，有那么多有趣的事，等着你去参与，小小的抑郁，能奈你何？当你变得快乐了，它就被吓跑了。

宝贝，别怕，我与你同在。

祝你快乐！

梅子阿姨

愿你不负韶华

丁酉年。冬天。天阴了一天了，云都冻起来了。晚间，我正坐灯下，用彩铅细细描一枝蜡梅。我时刻关注着我楼下的那两棵蜡梅，它们光溜溜的枝条上，小榛子般的花骨朵儿已饱胀起来，不几日就快开了。这时，闻听得窗外有惊呼声兴奋地响起，啊，下雪了。

唔，真的下雪了？我情绪一昂，赶紧丢下笔，跑去窗前。黑黑的夜空下，果真见到像小虫子似的雪珠，从天而降。四下里响起窸窸窣窣的声音，是这些"小虫子"在爬。

今年的雪来早了，这还没进入腊月呢，我想。这意外的"客人"的到来，让一个寻常的冬夜，变得不寻常起来。我站窗前看了很久，直到确信雪一时半会不会离去，我才放心。明日晨起，我将看到一个粉妆玉琢的世界了。

我打开我的微博，想随手记录一下这天的雪。一条留言跳了出来，是青岛一中学的孩子写来的。她让我叫她幻影。说是因为读了我很多文字，觉得我是个善良的人，这才决定给我写信的。

我和这个孩子，自此通起信来。近一年的时间里，我们通了100多封信。而今，她早已从曾经的阴影里走出来，走到了阳光下，活得健康而充满活力。现择我们之间的几封通讯录于此，或许对处在迷途中的孩子有所帮助也未可知。

一

梅子老师：

　　您好！

　　我是青岛一中学初三的学生。您就叫我幻影吧。人生如梦幻泡影，还真是啊。

　　从小学五年级起，我开始读您的书。您的文字让我安静，我很喜欢。我觉得您是个温柔的人，善良的人，美好的人，所以决定给您写信。我也很想像您一样，做个温柔和美好的人，好好爱生活，好好爱这个世界，但是我做不到。

　　现在有一事想求您，您能不能告诉我，最好的死亡方法是什么。不疼，死相也不难看的那一种。

您的读者：幻影

青青：

　　你好！

　　我不喜欢幻影这个名字，我叫你青青吧，青岛的青，青春的青，你可喜欢？

我不知道你遇到了什么。我想告诉你我遇到的，我这里，下雪了。起初是细细的小雪粒，静夜里听着，就如同一些调皮的小爪子，在给夜挠痒痒呢，窸窸窣窣，窸窸窣窣。此刻，就在我给你写信的此刻，那些小雪粒已变成小雪花了，飘飘洒洒，无声吟唱着。夜，越发宁静了，有多少雀跃的心，等着明天晨起，要去雪地里撒欢啊。

青青，世上的许多事物不是梦幻，不是泡影，而是如此真实着，这样的天空，这样的大地，这样的宁静和美好，可触可摸可感。我们能置身其中，何其幸运。

青青，我无法告诉你最好的死亡方法是什么，因为我不知道，我没有尝试过。我惜命，不舍得放弃它，除非上天要收回它——比如疾病，比如灾难，比如衰老，那是我无力抗拒的。否则，我一定要把它牢牢掌握在自己手中。上帝给我们每个人同样的旅程——童年、少年、青年、中年、老年，每一段都有每一段的风景，我想全部走完它。

青青，你的旅程还长着呢，你这才走到少年，你对你的青年、中年和老年就不好奇吗？想象一下吧，青年的青青会是什么样子的呢？她长发飘飘眉目含笑地走在春风里，在一朵花前驻留，人面花面两相映；中年的青青，会一手挽着一个娃吗？最好一个男娃一个女娃，他们都亲热地叫她"妈妈"，她脸上荡着笑容，无比幸福；老年的青青，儿孙绕膝了。她种花，她养草，她戴着老花眼镜，坐在藤椅上，翻着从前的相册，回忆起一生的时光，笑容不知不觉盛满她脸上的皱纹。人生的每个日子都算数，她的一生，没有白白度过。

青青，我虽不知最好的死亡方法，我却知最好的活着的方法，那就是期待每一缕清晨的阳光，并爱上它。你的一生中，将有多少个美妙的清晨啊。

我想知道，明天清晨，青岛第一缕阳光的样子。麻烦你来信告诉我。我也会告诉你，我这里第一缕阳光的样子，如果有的话。

等你。

梅子老师

二

梅子老师：

您好！

您还是叫我幻影吧。我就是一个梦幻般的影子，活着，也如同死去。

昨天傍晚放学时，从教室里走出来，我站在走廊上，望着楼下，我有一个冲动，想跳下去。四楼不算高，我不知道能不能一下子摔死。我怕半死不活，那太难堪了，所以我犹豫了。

我回家后，又用小刀割了手腕。我的手腕上，卧着十多条深深浅浅的伤疤，都是我割的。我是个怕疼的人，可是，当刀划破我肌肤的时候，我却有一种解脱般的快感。死亡，是唯一一件快乐的事吧，对我来说。

我的桌上，摆放着您的书。我翻了几页，也只有在看您的文字时，我才能获得暂时的平静。后来，我上网，冒昧地给您写了一封信。没承想，您迅速给我回了这么长长的一封信。我很意外了，甚至有点儿小激动。我好久都没有激动过了。谢谢您梅子老师，让我看到您那儿的雪。谢谢您梅子老师，跟我说了这么多的话。

您可能想象不到，看完您的信后，我独自微笑了很久。我已记不得我什么时候笑过了，好像自从患了抑郁症之后，我就没笑过了。是的，我患抑郁症两年了，刚刚休学了半年，去治疗了。病情平稳了些，我又回到学校。一坐进教室，我整个人又不行了。

我也很想看看我的青年、中年和老年的样子，但我恐怕坚持不下去了。我太难受了。每分每秒都很难受，脑子里像住着一头怪兽，无时无刻不在想着撕裂我，毁灭我。

你让我看今天清晨青岛的第一缕阳光。抱歉啊梅子老师，我没有去看。因为我昏昏沉沉，根本提不起劲跑去看太阳。我的眼睛里也看不到太阳了。

打扰您了。对不起。

您的读者：幻影

青青：

你好！

原谅我宝贝，我还是想叫你青青。

青青！青青！青青！你是宝贝青青。你是青青宝贝。你是这个世界上唯一的一个青青，是独一无二无人能够取代的青青。我们每个人，都是这个世上的唯一啊，所以，特别珍贵。

青青，我迫切地想告诉你，今天清晨，我所在的小城的情形。下了一夜的雪已经停了，如我所预想的那样，满世界一片银装素裹。我站在东边阳台的窗口，等着第一缕阳光。这个时候，天空发生着奇异的变化，云彩曼妙如轻纱，有靛蓝的，有绛紫的，有橘色的，有青色的。一枚红果子似的太阳，被这些轻纱托着，从东边雪地里缓缓升起来，在雪地里划下一道道红色的光芒。我不可抑制地想到你，这枚红果子似的太阳，也映照着青岛的海吧？也映照着青青家的窗吧？

青青，每一个有阳光的清晨，都是上天的恩赐。愿你能爱上它。

我能体会到，你在黑暗里，独自走了两年的路，走得多么辛苦。那我们能不能试着从黑暗里走出来？先迈出一小步，哪怕仅仅一小步，你也会看到，阳光飞舞在枝头的样子。

青青，我很心疼你的手腕。当小刀划破它，它该发出怎样的暗泣啊。那原是要留着戴漂亮的手镯和手链的呢。

你喜欢漂亮的手镯和手链吗？我很喜欢的。我收藏着不少呢，有石头的，有贝壳的，有玛瑙的，有珍珠的，好多都是我自己手工制作的。我一天换一个佩戴，它们缤纷在我的手腕上，我的心情跟着它们缤纷。好物娱情悦心呢。

青青，你有喜欢的东西吗？跟我分享一下吧。

等你。

梅子老师

三

梅子老师：

你好！

让你久等了。

说来也奇怪，在跟你通信之前，我满脑子都是死亡。跟你通信之后，我满脑子都是雪、蜡梅、奇异的云彩、红果子似的太阳、手链和手镯，还有你的样子。我下载了你在网上的照片，你的每一张照片上，都伴着一条丝巾。我看着你，看着你，总会不由自主笑起来，觉得没那么难受了。你是多好的一个人呢，像太阳。我真想见到你，真想你就是我的妈妈，我的姐姐。

你问我可有喜欢的东西，我一下子陷入了茫然中。这几天我一直在想这个问题，我怎么会没有喜欢的东西呢，我有过呀，有过很多呢，我怎么都忘了呢。

小学里，我喜欢各种毛绒玩具狗，喜欢芭比娃娃，喜欢扎头发的漂亮的发结，喜欢绘本，喜欢好看的文具、笔和本子，喜欢跳舞。我太喜欢跳舞了，曾上过一段时期舞蹈班。那个时候，只要学校举办庆祝活动，准有我上台表演舞蹈，老师和同学都说我跳得好，都喜欢看我跳舞。可自从上了中学后，父母说跳舞会影响学习，再没送我去练习过，也不再给我买毛绒玩具狗、芭比娃娃，也不再允许我看绘本。他们说，那都是小孩子玩儿的和看的。他们给我定下的目标很明确，一门心思埋头学习，三年后，考上我们这里最好的高中。再三年后，考个好大学，至少也是211的。顺便告诉你，我爸我妈都是985毕业的。

我再没有喜欢过什么东西了，渐渐地，也就不会喜欢什么了，除了学习，还是学习。我做着父母的乖孩子，内心却有头小兽在叫，不，不，这不是我想要的生活。可我想要的生活是什么呢，我又不知道。我听不进去课，一心想着逃离，也不知要往哪里逃。我听到有人在我耳边说话就烦，头似乎要爆炸。有一天，我扔掉我所有的毛绒玩具狗和芭比娃娃，我烧掉我所有的绘本，我剪掉我从前跳舞穿的裙子，我把我收藏的好看的文具和笔统统扔进垃圾桶。那一次，我爸打了我，我妈骂我做作。我说我不想活了，我当着他们的面，用刀划破手腕（事实上在那之前，我已划过好几次手腕，他们不知道罢了），我妈这才慌了。后来，我被送进医院。后来，我休学了。我爸我妈向我保证，以后什么事情都随我，只要我喜欢。可我已经没有喜欢的东西了。

我现在虽然重新回到学校，但我已彻底被孤立了，同学们看我的眼神像看一个怪物，老师也轻易不惹我，我听不听课，完不完成作业，他们都不会说我什么。我也听不进去什么课，一节课听上五分钟，我就烦得不得了。我设想着种种死亡的情节，在设想中，有隐蔽的快乐。

这几天，我也只偶尔想想死的事。很烦的时候，我看你的信，我就能安静下来了。我答应你，不再割手腕了。你说那是要留着戴漂亮的手镯和手链的。也许我会戴，也许我不会。

不知不觉就跟你说了这么多，亲爱的梅子老师，你听烦了吧？

哦，对了，我把"您"换成"你"了，这样觉得跟你距离更近一些，你不会怪我吧？

晚安，梅子老师。

你的读者：幻影

青青：

　　你好！

好高兴又等来了你。

你把"您"换成"你"，使我很感动，这说明，你不再拿我当外人。那么，来，拉拉钩吧，我们做一辈子的好朋友，可好？看，现在你再也不孤单了，至少还有我这个朋友在的，对不？

青青，说来你也许不信，我其实，也度过一段相当压抑的少年时光呢。那时，我在一乡村中学读书，家里还很穷，身上穿的衣裳都是大人们穿旧的衣服改的，有时上面还会缝着很大的补丁。有一次，我穿着屁股上打着补丁的裤子，在骑自行车时，不小心被破损的车座剐了一下，屁股上的补丁哗啦一下被撕开，后面跟了一群嘲笑的男生。你知道那对一个女孩子来说，是多么毁灭性的打击，回家了还不能跟父母诉说委屈，因为他们根本无暇倾听。他们整天在地里忙着，面朝黄土背朝天，有时忙得连饭也来不及吃，哪里有闲工夫管我裤子的事情。我后来自己找了根针，把破损的地方重新缝起来。这事情造成的阴影，让我有好长时间都走不出来，那段日子我不跟人说话，活得自卑极了。幸好天空温暖，大地慈悲，阳光照着万物，不论贫富。花朵朝着每一个生命微笑，无论贵贱。我也拥有一样的阳光，一样的花朵，我充满无法言说的感激。

是从那个时候开始的吧，我爱上天空的云朵，爱上地上的花草，看到它们，我总能获得巨大的宁静和安慰。我也爱读书，想尽办法找了书来读，书里面有着万千世界，我想去哪个世界就去哪个世界，我在其中徜徉，体会到万千种人生，从而懂得我所经历的人生，绝对不是最不幸的那一个，我因此庆幸，因此珍惜。我也爱写文字，每天都会写上两三行，我用文字和自己的灵魂对话，我活得自在、真实、丰盈，无所畏惧。我坚信，只要天没有倒塌，大地没有沦陷，再多的不愉快，终会成为过去。我就这样，独自在黑夜中，寻找着心头的喜欢和光明，度过了那段难堪的少年时光。现在回忆起来，我已没有悲苦，有的只是感激。感激那段光阴的锤打，让我知福、惜福，让我学会热爱。

青青，你所经历的，和正经历着的，也只是光阴对你的锤打。咱要不畏不惧不回避，坦然地迎上去，对它大喝一声："命运，来吧，看看谁比谁狠！"你掌握了主动权，它就不得不认你做主人，完全听你驱使。等走过了这一段，你会变得更开阔，更结实。将来的一天，你回忆起这段少年时光，也会没有悲苦，有的只是感激。

好了，青青，现在，咱先寻找点小欢喜好吗？让热爱一点一点，重新进入心里。

我很期待，有一天你能告诉我，你找到了欢喜，哪怕只是一点点。

等你。

你的朋友：梅子老师

四

梅子老师：

你好！

我把你的信都打印出来了，装订起来，一遍一遍看。看哭了，又看笑了。

梅子老师，你真好，你怎么可以这么好呢？你的信是我的糖，是我的酒，我烦躁的时候，就打开来看，看得我都会背诵了，还是看，我被甜到了、醉到了。

我在课上看你的信时，我对自己说，一定要好好听课，不然对不起梅子老师。于是今天我坚持听了半堂课，都没有走神，老师讲的内容我全听进去了，老师都表扬我了呢。我好高兴呀，回到学校以来，老师这是第一次表扬我呢。谢谢你梅子老师，这是因为你啊，因为有你这个朋友在。

我好惊讶好惊讶，原来梅子老师曾经生活得那么苦，也曾经活得那么自卑和孤单。读你的文字，我一直以为你的人生，都是铺满鲜花的呢。梅子老师，你好坚强，我争取向你学习。

你让我从喜欢一缕阳光开始，我努力这么做了。今天下午，从教室的窗户外，射进来一束阳光，落在我的课桌上。我伸手去捉，我发现，我的手指在闪亮。那一刻，我是欢喜的。那一刻，我想到了你。你的眼睛，也会这么闪亮吧？

你说我是青青宝贝，宝贝青青。你知道吗，这是第一次有人这么叫我呀。好的，从现在起，我要做个宝贝，青青宝贝。

梅子老师，爱你哟。

爱你的青青宝贝

青青：

你好啊！

不知道怎么形容我的开心。我想象得到，当阳光在你手指上跳动的时候，仿佛有一朵花，在你心中悄悄开了。哎，我的眼睛忍不住有点儿潮湿了呢。原谅我呵青青宝贝，我是个善感的人。

昨天我去买了两盆水仙，两盆仙客来。水仙我喜欢从小球球开始养起，我喜欢看它在水里，一点一点冒出芽来，然后抽长出枝叶，然后结出花蕾，最后，开出花来。生命的成长，每一步里，都充满期待和惊喜。我们的人生，不也是如此吗？

仙客来我每年都养，草花，好护理。喂点水，它就能不停地开给你看。我养的仙客来，每年的花期都长达半年。玫粉和大红的花朵，如兔子耳朵，俏皮地翻卷着。每每见到它们，我的心情都很愉悦。

我把它们称为"春天的信使"。它们一开花，春天就快到了。

想想春天，我就激动不已。春天一到，空气都恨不得开了花。那个时候，人的眼睛和鼻子多么有福，天天享受花的盛宴。

青青，我们一起等着春天来吧。

你喜欢花吗？养一盆吧，等着它开花。

另：咱可以试着把一堂课完整地听下来，那感觉，说不定更美妙。

你的朋友：梅子老师

五

亲爱的梅子老师：

你好！

告诉你一个好消息哦，我今天看到了非常非常漂亮的夕阳。我不知道怎么形容它才好，好大好大，圆滚滚的，红彤彤的。我呆呆地看着它，直到它小了下去，就像你文章里写的那样，"它一圈一圈小下去，小下去，像一只红透的西红柿，可以摘下来，炒了吃"。哈，那时我也真想摘下它来，炒了吃。

这是我今天的小确幸吧。你在上一封信中，建议我每天记录一个小确幸，我听你的话，有去做了。每天出门，看到路边的树叶子在风中摇动，也会感到高兴。听到一只小猫叫，我也会高兴。我已好久没有郁闷啦。梅子老师你说得对，人活着就应该开开心心的，干吗跟自己过不去呢？拳头打在身上，疼的是自己，那是傻嘛。嗯，你放心，我不会再做这样的傻事了。

我还要告诉你一件事，我养的风信子谢了，我按你教我的方法，剪去它的枯叶残花，把它的球根埋到了楼下的土里面。想到冬天我又能见到它，我还真是很期待呢。

我的学习也能跟上教学进度了，月考测试我进了班级前十。老师昨天找我谈话啦，夸我底子好，人聪明，一点就通。哈哈，我本来就聪明嘛。

我也有两个好朋友啦，一个是我的同桌，一个是同桌的发小。我们三个下课了会一起去上厕所。她们两个还请我吃绿豆糕，我也请她们吃棒棒糖。我想起你曾说过的，一个人只有好好地爱自己，才能更好地爱他人，爱这个世界。那时我还没有深刻的体会，现在我终于明白了。我一定会好好爱自己的。

总之呢，我现在很开心的啦，遇到什么花呀草的好看的东西，恨不得立马告诉你。

我是不是很打搅你啊？真抱歉啊。谢谢你，梅子老师。

我会有更多的好消息告诉你的。

送你十万个飞吻。

爱你的：青青宝贝

青青：

你好！

这几天我一直在外忙着，都没来得及回你的信，你等急了吧？

你写来的信，我都看了。你发来的图片，我也都看了。看得嘴角弯弯，眼睛也弯弯起来。你是个多么可爱的姑娘啊，咋这么聪明呢，简直聪明得不能再聪明了。

人的心境，映照着世界万物。当你心境开明时，万物便跟着你开明起来。你看，你现在多好，心里清洁明朗，落入你眼里的，便是清洁明朗。

中考的脚步越来越近，你说你偶尔会焦急，偶尔会莫名其妙地想哭。这个时候，你会把目光投射到窗外的树上，投射到天空上，你会想起我说的，每天的天空都不一样。想着想着，就笑起来。心里就没那么焦急和难过了。结果是什么并不重要，重要的是过程。反正就这么走下去，每一天都喜欢着。

你不知道，我看到你写的这些，我是多么感动。好孩子，你能够直面你自己了，你不是个完人，所以会焦急，会哭泣。喜怒哀乐本是人生的常态，没什么的，我们照单全收。

你人生的路上，一定还会遇到一些坎坷，这是必然的。你还会不时陷入情绪的泥淖中，这也是必然的。但我坚信着，一个眼里有树有花有天空的孩子，定不会被坏情绪所左右，再长的雨季，终会过去，她会等来她的艳阳天的。

考试虽重要，但不是生命中的唯一。把每个日子用心来过，才是人生中最重要的事情。尽力而为，顺其自然。

祝你天天快乐，亲爱的宝贝。送你一个大大的拥抱。

我是你的"树洞"。我在。

梅子老师

六

梅子梅子梅子，我来了。

我是青青。因为忙着迎考，因为忙着出行，我都没有好好给你写信，但我每天都有想你的哟。

考前我爸我妈跟我说，可以考虑上个不错的技校。我也有这个打算，想着去学学烹饪也不错，说不定还能学成个大厨呢。梅子老师你不是说过嘛，这世上唯美食和文字不可辜负。到时我请你吃我做的大餐，想想那也是非常美的一件事啊。所以中考我是一点儿负担也没有啦，就那么轻松愉快地考完了。

一考完，爸妈就安排我去西藏游玩儿。选择去西藏还是看了你的书后决定的呢，你写的西藏游记我看了好多遍啦，这次去西藏还带上了你的书《慢慢走，慢慢爱》呢。西藏真的很美啊，我都没有起高反。每到一个地方，我都感到亲切，因为你也来过了。在羊卓雍错，我对爸妈说，梅子老师也在这里拍过照呢。你看看我发你的图片上，我站的位置，是不是和你站在同一个地方呀。

说了这么多，差点儿把正事忘了，我要告诉你一个特大的好消息，我收到我们这里最好的高中的录取通知书了。嗯，通知书我已复印了一份，用快递寄给你了，想请你帮我收藏着。梅子梅子，你意不意外？惊不惊喜？我接到通知书的第一反应是，人家别是搞错了吧？哈哈。再看看我考的分数，貌似确实不低的。然后，我就飞奔着想告诉你了。

真想能立即见到你啊。可我现在还不够好，我想等我变得再好一些，嗯，等我考上大学的时候，我一定跑去见你。

梅子梅子，你一定要等着我哟。

梅子梅子，你最近怎么样了呢？是不是每天都很快乐？我想你是的。你是那么温暖光明的一个人。送你一颗大大的心。

你的小朋友：青青宝贝

青青宝贝，你好啊。

你的喜悦已穿透屏幕，淋了我一身了。啊，我真是意外极了，惊喜极了。

唔，我也喜欢听你叫我梅子，这样显得我多年轻啊。

我最近很好呀，还是干着我的老本行，读读书，写写字，画点儿画。爱在黄昏时从家里出发，一直走，一直走，走到沿河的风光带，从北到南，全程走下来，约莫三公里。我一边走，一边看树看花，听鸟叫蝉鸣。遇到大大的夕阳时，我就停下来看会儿夕阳，看晚霞们在天边排练大型舞蹈。有时，我会在一朵花前停下来，看看它。它也看看我。我们彼此无言，却都懂得。没有一朵花，是大声喧哗的。

也看水，看河里船只穿梭，驮着一船的暮色，各有各的忙碌，各有各的方向。这是生命的奔流。这时候，我感到了灵魂的静和空灵。我爱这个时候的自己，也爱这个时候的世界，很爱，很爱。

你刚从西藏回来，心里一定装着太多风物和见闻吧？好好回味，并用文字把它们记录下来吧，那将是一笔丰厚的财富呢。人生的阅历，很多的来自行走。有机会的话，你还要多走走。我国地大物博，随便一处，都藏着无尽的惊喜。就是你所在的青岛，你也未必全部了解它呢，那就从青岛开始，用脚步丈量它的每一寸土地，你会获得很多快乐的。生命的丰盈，就是这么一点一点累积起来的。生命丰盈了，心胸就开阔了，人生就越发有趣了。

青青，你现在已经很好很好了。就这样，很好很好地走下去吧，你会遇见一个更好的自己的。真心期待着某一天，我的跟前突然出现一个大姑娘，她长发飘飘，亭亭玉立，一身朝气，眼眸如星地笑对我说，梅子梅子，我是青青啊。

那样的画面，想想也够美的。

愿你不负韶华。

你的大朋友：梅子

他的心上，只住着荷花

梅子老师：

你好！

我想对你说下我的遭遇。

我没有考上大学，上了个职业学校，毕业后，也没找到什么好工作，进了一家公司旗下的超市打工，从服务员做起，因为我勤奋，很快升了职，成了领班，后来又升到中层，做了一家门店负责人。然而流言随即四起，说我是靠美色上位的（我们总经理是个男的）。其中有一个和我同时进超市的女的，对我尤其不服气，到处散布我的流言。有一次，我看到她跟几个服务员聚在一起，冲我挤眉弄眼的，嘴里不知在说些什么。我很气愤，走过去质问她。她竟理直气壮回我："心里有鬼才怕人说呢，你若心里没鬼你怕什么！"

我把这事告到领导那里。领导找她谈话，她却不承认是在说我。领导也不好处置她，只劝我不要跟她计较。

很叫我烦恼的是，她和我是在同一个小区住，她一定也在小区里散布我的流言了，弄得我们小区的人，看我的眼神也是怪怪的。我现在只要一看到有人聚在一起说话，就觉得是在谈我，浑身上下都气得发抖。我的心情很糟糕，上班都没有精力了，业绩甚至出现下滑现象。

我实在受不了了，很想跑去跟她大干一场，她不让我好过，我也不让她好过。但我妈拦住了我，我妈不让我跟恶人去拼命，我妈说，不值当。

梅子老师，你说我该怎么办？

若烟惹尘

亲爱的，你的"遭遇"我已知悉，我不想评价，亦不想对你有什么劝慰，也没有什么好的建议。我只想跟你来说说沈从文，观照了他之后，你或许能有所感悟，释怀一二。

我们知道这个人，多半是因他文学上的成就，一部《边城》，足以让他在文坛上坐稳一个席位。但那仅仅是他人生极细小的一部分，他大半辈子的光阴，是交给文物学术研究的。他长时间地，静默在喧闹背后，蜗居于简陋的一室，吃穿俭朴，只埋头做着他的学问。世人诽他谤他打击他，或是把他遗忘掉了，他多半是不在意的——他没时间在意，也没那个心在意。这使得他即便处在风雨飘摇中，亦能处之泰然，安之若素。

看黄永玉对沈从文的回忆，有三件事让我印象深刻：

之一，他被批斗。有人把一张标语用糨糊刷在他的背上，斗争会完了，他揭下那张"打倒反共文人沈从文"的标语一看，很难为情了。他告诉黄永玉说："那书法太不像话了，在我的背上贴这么蹩脚的书法，真难为情！他原应该好好练一练的！"

之二，他被监管改造，到湖北咸宁干校去了。文化人纤弱的手，拿起竹竿子赶猪赶牛，还要时时做些思想汇报，身心的凄苦，那是无法形容的。他却浑然不觉其苦似的，在写给黄永玉的信里，竟欢喜地说道："这里周围都是荷花，灿烂极了，你若来……"

之三，他对一个爱发牢骚的、搞美术理论的青年说："泄气干什么？咦，怎么怕人欺侮？你听我说，世界上只有自己欺侮自己最可怕！别的，时间和历史会把它打发走的……"

我们做人，得修炼多少，才能达到沈先生的那种境地啊！在那人人自危，朋友亲人路上相见亦不敢有亲密言行举止的年代，他路过黄永玉身边，头都不歪地叮嘱黄永玉一句："要从容啊！"管它风雨雷电，他只当它春花秋月。

我们要做到这样的"从容"，难。我们有着诸多的放不下，有着诸般的怨。受到不公正对待要怨。过得不如别人要怨。受了委屈要怨。得不到要怨。分离要怨。生病了要怨。不能晋升了要怨。错过了要怨……静下心来想想，我们真是有点儿傻。我们怨天尤人着，却不会撼动天一点点，也不会撼动他人一点点。天要下雨，它就下雨；天要出太阳，它就出太阳。天高兴了，它就来个万里晴空，你奈何得了么？天不高兴了，又会来个乌云密布，你同样也无可奈何。结果呢？他人的生活不因你的怨就发生一点儿的变化，他们该谈笑风生的，还在谈笑风生；该花团锦簇的，照旧花团锦簇着；娶妻生子去了。倒是你，一个劲儿地在欺侮着你自己，在怨恨中憔悴，一事无成，虚掷光阴。

为何不能转换个角度看？虽世事多纷繁，夏日多烦躁，然你看，荷花开得这么灿烂啊，灿烂极了！一颗心里，只让荷花住着，也只有荷花在开着，香是从心底里溢出来的，再混浊的世事，又怎么能掩盖得了那香？所以沈先生能在极艰难严峻的环境里，坚守着自己，身边无任何资料，他仅凭记忆，用蝇头小楷，写下了《中国古代服饰研究》的补充材料，洋洋洒洒几十万字，为中国服饰史画下了最璀璨的一笔。而今我们望他，唯有仰望和惊叹。

当然，他并非要我们仰望和惊叹。他只是那么从容地做着一个人，一个有着自我坚守和坚持，一个至死也不失天真的人。

梅子老师

第二辑
成长是流淌着的一条河

怀揣着一颗真诚之心，跟着岁月的河流，向前走着就是了，遇山越山，遇水涉水，只要你不停下脚步，再多的迷茫和忧伤，都会走过去的。

做全新的你

梅子老师：

您好！

我想对您说一下心里话，突然间不知道该怎么说。

自从上了初中后，我发现自己变了好多，总结：变得更差了，脾气变得暴躁了，成绩变得不好了，变得更加自卑了。

我爸妈是卖炸串的，我深知他们不容易，想变得更好，可每次都下定不了决心，每次都想往后推一推。现在上课的时候很喜欢发呆，有时候还会犯困。

我有一个姐姐一个哥哥，我很爱他们，可有时候又很恨他们。每当产生恨他们的念头时，就觉得自己像个傻瓜。我三岁被送到一个亲戚家里，在那里长到六岁，我不知道当时我想不想去，但他们都说当初是我吵着闹着要去的。我长大了，我接受不了他们将我送出去这件事。有一次，他们说起这事，说我被送出去的时候，妈妈哭了好久好久，有时候晚上睡觉也会突然哭起来。这件事情我记到了现在。

我特别在意别人对我的看法，网课期间，妈妈说了一句："你考不上高中，有可能连初中也毕不了业。"这句话我记在心里，一直忘不掉。有时候可能因为别人的一个小动作，就会觉得是自己哪里做得不好。不管是在小学，还是在初中，我总是刻意讨好别人。

我的成绩一次比一次下滑得厉害，老师找我谈了好几次，说不要让我辜负她的期望。我不想辜负，可偏偏就是辜负了。我很清醒地知道自己是在自我放弃，我也想努力，可又做不到。

再说说我的哥哥吧，我有时候很喜欢他，可有时候又很讨厌他，我讨厌他诋毁我喜欢的人和事物，讨厌他在我难过的时候说些我讨厌的话。可当他为我着想时，我又很喜欢他。

我总对父母发脾气，明知会伤他们的心，可又控制不住。我想过退学，可又不敢对父母说。我拿刀割过腕。或许您觉得很好笑，可那样会让我舒服一些。我想过自杀，可当我站在楼上想往下跳时，害怕了。记得有一次，我站在楼上想往下跳，妈妈在楼下喊，如果我跳下去她也跟着跳。当时还觉得挺可笑的，都已决定死了还会在乎这些吗。但最终我没跳，被人拉了下来。有时候一想到未来，就会双腿发抖，因为我觉得我的未来是迷茫的、黑暗的。打扰到您了，谢谢。

您的读者

宝贝，你好。你的来信我认真看了，很怜惜你那一颗敏感的小小的心，抱抱你。这辈子来人间一趟，很不容易，所以，要狠狠爱上自己。你以往很多行为，是对自己多大的伤害啊。

过去的都已过去，不管曾发生过多少不快乐，统统让昨天把它们收去吧。从今天起，咱要脱胎换骨一场，就当自己是重生。来，重新认识一下你眼前的这个世界吧，一如初见：

你有爸爸，有妈妈，有哥哥，有姐姐，他们都很爱你；

你双眼明亮着，双腿健全着，头脑清晰着，上帝待你不薄；

你有书可读，有学可上，虽说成绩有起伏有波折，虽说偶尔会犯困，会发呆，可没关系啊，只要一颗努力的心还在，什么时候开始都不晚。即便高中考不上了，还可以上上职高，选一样自己感兴趣的事情去做。上了职高也还有冲刺的可能，如果你不放弃学习，将来读研读博，或者转而去做其他的事，都是可以的。学习是我们的终身行为，当你在学习时，你就走在改变自己命运的途中。

宝贝，看看你拥有的，是不是很多很多？你还有什么不满足的呢？从现在起，你就是全新的你，是一棵初生的小树，有点儿光照，有点儿雨水，就能唰唰唰蓬勃生长。你不用讨好任何人，你只需把自己讨好，追着光亮而去，你要让自己开心，愉快，充满活力，张起理想的帆。未来会走向哪里去呢？

由着风吹吧，风吹到哪里是哪里，你就不用多想了，跟着走就是了。天底下，最不缺的就是路了，总有一条路在等着你。

对父母和哥哥姐姐，你要多些理解和尊重。一家人相亲相爱多好，哪来那么多鸡毛蒜皮？你要时刻想到，你就是一个小公主，是被他们疼爱着的小公主，感恩和知足吧。对了，你喜欢发呆是吧？我希望你在发呆的时候，眼睛里能看到欢喜，不妨多看看天空，多看看大地，哎呀，一个春天多么好，那么多的花哎。

你也拥有这样的春天啊，多好多好啊！望珍惜，珍重！

梅子老师

你的独特，无可替代

梅子老师：

您好！

真的很喜欢您的文字呀，很温柔。想您也是个温柔的人吧。

我想跟您说说我的事，您会听到的吧？

我刚考上大学，到离家一千多里外的异地他乡来了，感到很不适应。

同宿舍有四个人，有两个是本地人，另两个一个来自南京，一个来自上海。她们家庭优越，性格开朗，彼此说说笑笑的，关系好得不得了。我也很想融入进去，却融入得很辛苦，很笨拙。我听着自己不喜欢的音乐，假装喜欢。我看着自己不喜欢的电影，假装喜欢。我剪了个自己不喜欢的发型，假装喜欢。我穿上自己不喜欢的裙子，假装喜欢——只为，她们都说好。

她们说，乔乔，记得帮我们晒一下衣裳啊。我哪怕非常不情愿，嘴里也会忙忙应道，好的。她们出去玩儿，却扭过头来，对我丢下一句，乔乔，记得帮我们抄一下课堂笔记啊。我心里十分拒绝，说着一万个不，可嘴里说的却是，好的，没问题。她们说，乔乔，帮我们去食堂打个饭啊。我正忙着，但还是笑着答道，好的。我就是个成天为她们跑腿的，只为，赢得她们说一声谢谢。她们笑，我跟着笑。她们不开心，我跟着表现得愁眉苦脸。我如此地小心翼翼着，如此地伏低做小着，她们却没有真心接纳我，她们有着她们的热闹，却把我排除在外。我有一点点的小瑕疵，她们竟联合起来，抓住不放，挖苦我，打击我。梅子老师，你说我究竟做错了什么？我为什么找不到一个懂我的可以倾听我的人？

苦恼的乔乔

乔乔，读你的信，我真有点儿喘不过气来了。说真的，我替你累得慌，真想拿把大锤敲敲你，傻姑娘，你醒醒吧！

你是错了，大错特错了！你干吗要活在别人的世界里，完全没了自我？要知道，你是一个独立的你呀，你有你的心，你的手，你的脚，你做什么，不做什么，应该自己做主。而不是围绕着他人的喜好打转，你不是牵线的木偶。

我曾远足去一个偏僻的山沟沟。那个山沟沟，一眼望过去，除了石头，还是石头。偶尔的灌木也是有的，只是稀稀落落的，杂乱无章地长着，灰扑扑的，望上去，跟石头差不多。听不到流水声。听不到鸟鸣声。我跟同行者打趣说，这方世界都被石头大一统了。正在这时，一抹红，突然跳进我的眼睛里。我很意外，想，不会是花吧？我不能确定。等我走近了看，清清楚楚明明白白，那是一朵花。它努力撑起红艳艳的小脑袋，从灌木丛中，探出大半个身子来，笑逐颜开。

　　那一刻，我真的为那朵花感动。它没有为讨好谁，而丢失了自己。你来，或者不来，你欣赏，或者不欣赏，它都在那里。到它该盛放的时候，它就认真地盛放，一点儿也不含糊。没有人喝彩又如何？风会记得它的香。我看到一只小蜜蜂，循着香飞了过来，停在上面，亲吻着它的花蕊。它没有做石头的追随者，而是做了它自己，用它特有的绚烂，点亮了整个山沟沟。

　　乔乔，向那朵花学习吧，你有属于你的芳香，你的绚烂，没必要自轻自贱。世上之人，各有各的活法，你无须丢掉自己的活法，辛苦地去讨好他人。再说，一生中你会遇到很多很多的人，你讨好得过来吗？倘若你的一生都奔波在别人的眼光里，那你不是白活了一场么！我们是人，不是神，不可能做到人人喜欢，何不做个真实的自己，让喜欢你的人喜欢着，不喜欢你的人不喜欢着。不强求，不奢望，不卑不亢，落落大方，岂不舒畅？

　　乔乔，从现在开始，对自己好点儿，吃自己的饭，做自己的笔记，穿自己喜欢的裙子，看自己喜欢的电影，听自己喜欢的音乐，剪自己喜欢的发型，一步一步，做回自己。只有你自个儿活得有尊严，才能赢得他人的尊重。这世上，只有一个你。你就是你，是天下唯一的一个你。你的独特，无可替代。

梅子老师

成长是流淌着的一条河

梅子老师:

　　您好!

　　我是您的读者。我是一个初二的女生,性格内向,不大喜欢说话。长得也不算好看,成绩也一般般,没有多少人注意我。我难过,我伤心,从来没有人安慰我。

　　我原来有一个好朋友,我们从小学一直在一个班,那时我们形影不离,我对她无话不说,把她当作我生命中最重要的人,有了什么好东西,第一个就想到要跟她分享。她也一样。我们曾说过要永远好下去。可是,自从上了初中后,她就不像小学时对我那么好了,她有了新的朋友,她和她们一起说说笑笑。有时放学了,她约她们一起走,我在前面等她,她假装没看见。我很伤心。

　　我过生日,她答应送我一个礼物,可最后却没有送。还有我妈也是,答应带我去看一场电影,最后也没有看。生日那天晚上,我一个人躲在被窝里偷偷哭了很久。这个世界太虚假了,只有小孩子还能无忧无虑地笑。我多想回到小时候,一直做个小孩子啊。

　　同学们都说我性格孤僻,有老师也这么说我。梅子老师,我真的很苦恼啊,您能救救我吗？

您的读者：杏子

杏子，看你的信，让我想到曾看过的一幅小画：一朵小黄花，在一堵墙的墙脚下，踮着脚尖，努力向上昂着它的小脑袋。一墙的斑驳肃杀，被它衬得很是典雅。我想那里地不肥，土不沃，阳光也少有眷顾。可是，它不在意，它只努力活着它的，到它盛开的时候，它端出一朵金黄来，不让春风。

这是一朵小黄花的成长，它是卑微的、渺小的，然它又是强大的。成长，本身就是一件很强大的事。

比如，我们的成长。也卑微，也渺小，然又是不可抗拒的。成年后，我每每回故里，我的乡邻，总会拉着我的手，不住瞅我，而后感慨地笑着叹："梅，你还记得你坐在地沟头，抬袖子抹鼻涕吗？谁知道一转眼，变得这么出息了。"

记忆里，那个金灿灿的童年还在闪亮啊，夏夜的天空，星星密布得像撒落的米粒，虫子们在草丛里唱着歌，风轻轻吹来田野里的稻花香。祖母摇着蒲扇，讲那些老掉牙的故事。故事里的白胡子老头，神通广大，若讨得他的一颗仙丹吃，会长生不老。我会老么？我不大相信，那实在是太过遥远的事情。我扔下说故事的祖母，跳着去追萤火虫。头顶上的星星永远那样繁密。墙脚下的花永远那样开着。门前的树永远那样长着。我的故园，永远在着。我以为，此生此世，永远都是那般模样。

　　但时光的河流，已不知不觉流过百里千里去了……十岁的少年，因母亲的责骂，愤而离家出走。能走到什么地方去呢？离家不过二三里远，眼中所见的，却是一片茫然的陌生。正站在路边手足无措地哭泣，突然听到母亲的呼唤，远远传来。是暗里头，突见到光亮，哪里还记得生气？一头扑过去。十二岁，和一帮同学，逃课去看电影，回来，气得绿眉毛绿眼睛的班主任，正候在教室门口。一边低头听他训话，一边在心里窃笑，电影的场景，百回千转着，又兼着逃课的乐。十六岁，暗恋一个人，恋得心口疼，不能说出，只能咬着被角偷偷哭泣。母亲问，怎么了？撒谎说，肚子疼呢。

　　成长的路上，总要经历一些茫然、叛逆和忧伤，才慢慢变得像颗果粒一般成熟。

　　我的一个学生，课后塞给我一张小纸条，纸条上写满她青春的凄惶与无助。家境不好，长相不好，成绩不好，因而活得很自卑，她不知道她的明天在哪里。我在那张纸条上回：

　　宝贝，笑一笑，明天交给时间去吧，你只要管好你的今天就行了。成长是流淌着的一条河，水面倒映着的，就是你的人生。你对着它哭，它就对你哭。你对着它笑，它就对你笑。学会笑对人生吧宝贝，让你的今天无憾，也便足够了。

　　曾很喜欢一首诗："记得当时年纪小，你爱谈天我爱笑。有一回并肩坐在桃树下，风在林梢鸟在叫。不知怎样睡着了，梦里花落知多少。"这样两小无猜的光阴，这样落花无忧的时光，杏子，我希望你，一直都能记得。你且不要去害怕成长，亦不要伤感世间虚假太多，怀揣着一颗真诚之心，跟着岁月的河流，向前走着就是了，遇山越山，遇水涉水，只要你不停下脚步，再多的迷茫和忧伤，都会走过去的。

梅子老师

真正的美，是从内心散发出的好意

梅子老师：

您好！

我是您的小迷妹。今天鼓起勇气给您写信，不知您会不会给我回信。不管您回不回，只要您看到了，我也就满足了。

您叫我胖妞好了。是的，我很胖。为这个我很苦恼。因为，走到哪里，都有异样的眼光看着我，瞧，这小丫头长得好胖！

我试着减过肥，一天只吃了一个鸡蛋，一个苹果和一根玉米棒，可我最后受不了了，我饿得眼睛发花。

我的同学都比我瘦，班上排演节目，扮小丑的肯定是我。他们看着我的表演，好开心，嘴巴都笑歪了，我表面上也在笑着，心里却在流着泪。我不想扮小丑，我也想穿着白纱裙跳天鹅舞，然而我这辈子都别想了。

我很喜欢您写的文字，唯有躲进您写的文字里，我才能获得一丝平静。

有时做梦，梦到自己变得好美啊，醒来总要难过好久。梅子老师，您能理解我的感受吗？我真的好难受好难受。

胖妞

宝贝，你自称胖妞，我笑了，这称呼也曾是我的呢。

别惊讶。对，梅子老师曾经也是胖妞一枚。

那时念中学，因胖，被同学起了个很不雅的绰号——胖墩。一帮同学在一起谈笑风生，说起各自的理想，都是裹着云彩镶着金边的。唯独说到我，一男同学伸手指一下，"扑哧"笑了，说，胖墩她最适合做厨师啦。结果，哄堂大笑。

那日，我不知自己是怎么度过的，自卑、难堪、悲愤，都不足以表达伤痛。也只在心里暗暗发着誓，我要做一个不一样的胖妞！然后，我就一路发狠读书，把自卑的时间，全花在读书上了。记得那时，学校门前有条小河，东西横亘，河岸边杂树生花，是个读书的好去处。每天天一亮，我就捧着书过去，倚着一棵树读，把太阳从东边的大海里迎出来。每日黄昏，也跑去读，直读到日落西山，鸟雀归巢。多年后，我的高中同学遇到我，回忆起当年，他们清晰地记得那样的场景：我捧着书，在小河边读，河水汤汤，垂柳依依，野菊花开满我的脚边。他们说，你那时的样子，真美。

原来，我以为最自卑的年代，也住着美好啊。

人的外貌，是上天给的，这个我们无法改变。但内心的修为，还有焕发在浑身上下的光彩，却是后天而为。当然，现在科技发达，整容去脂的大有人在，但我不建议做这个。好好的，却要在自己身上动刀动针的，那个疼，我受不了。且还要承担高风险，万一整容失败了呢？还是做真实的自己最舒服，身上的每个"零件"都是独家拥有，仅此一件，无法复制的。我们要做的，就是发挥好这些"零件"的用途，用善良、好意、爱和博学来喂养它们，让眼神变得奕奕，让耳朵变得灵敏，让心灵变得细腻，让脚步变得轻轻，让精神变得丰饶。这样一个你，有谁还会说不美呢？

我有个女同事，初见她时，我吃惊得不行，她委实，太胖了，个子又矮，走起路来，呈摇摆状，像只企鹅。那个样子，真的与美挨不着一点边儿。当时我替她担着心，她站到讲台上，如何收服那些喜欢高颜值的孩子们？

她的课，却上得出乎意料的好。一站到讲台上，她跟换了个人似的，神采飞扬，妙语连珠，旁征博引，抑扬顿挫，一举手，一投足，都散发出迷人的光彩。她又爱笑，活泼开朗，善良温暖，让人渐渐觉得，她的样子与她的神态，再和谐也没有了，亲切、自然、率真，像山野里的小野菊，自有芳华。越看越觉得好看，叫人打内心里喜欢她。

学生们狂热地爱上她的课。他们给她取了个昵称，格格。是拿她当公主的。炫耀她，就像炫耀一件宝贝。我们家的格格，学生们这么说。她成了最受学生欢迎的老师。

一个人有没有魅力，原不在于外貌，而在于他的内心。真正的美，是从内心散发出的善良和好意。

宝贝，你大可不必再为自己的长相难过自卑了，也绝对不能不吃不喝强行减肥。只要不胡吃海喝，不过分贪嘴吃太多零食，保持正常饮食，辅之以必要的锻炼，持之以恒，过一段时间，你再看自己，会发生一些惊人的变化的。若是因先天基因，本就是胖的体质，那咱不折腾了，只要身体是健康的，胖点儿也无妨。

　　宝贝，爱上你自己吧，努力打造属于你的丰富的内心世界，做个快乐的人见人爱的小胖妞。

梅子老师

他只是换了一个地方居住

梅子老师：

　　您好！

　　不知道从何说起。我走在人生的路上，丢了最疼我的人，感觉就像我的天空，又落了一颗最亮的星星。

　　我是一个初三的学生，在离家乡很远的地方读书，爷爷来陪我。这个冬天，我的爷爷在接我放学的路上出了车祸，走了。我受不了所有人悲痛的目光，也受不了我最爱的老头倒在血泊里，而我蹲在他身边什么也做不了。他没来得及看我最后一眼，我只记得他的呼吸越来越弱，我感觉天都塌了。

　　我从没见过爸爸哭得那么悲伤，也没见过家里摆着那么多花圈。人死后会去天堂吗？我记得足足有 17 辆车送爷爷走，他会开心的对吗？他一辈子是个强势的老头子，我没来得及告诉他我爱他。

　　梅子老师真的对不起，没与您先打个招呼，故事说得乱七八糟。我只是说了，如果您能回复对我一定会有所帮助的。谢谢。祝您晚安。

您的读者

亲爱的宝贝，你还好吗？

我桌上的水仙谢了，它跟了我一个冬天。我准备把它埋到楼下的花坛里。我坚信，那土里会长出什么来。比如说，长出几棵狗尾巴草，或长出一蓬繁缕，或长出几丛婆婆纳。有时也会很意外地，长出一些苋菜来。

世事万物，都在不断的别离中，今天要告别昨天，夏天要告别春天，夕阳要告别大地，少年要告别童年……然这又不是叫人绝望的，因为这世上，并没有真正的消失，只是存在的形式发生了变化而已。

我的奶奶倘若还活着，今年应该整整一百岁了。她是在八十八岁那年离开我的。我与她感情深厚，她走了，有很长一段时间我不能接受，无数次从梦中惊醒。春天的时候，我去给她扫墓，看到她的坟头上开满了油菜花。那一刻，我释然了，我的奶奶，她一定变成了油菜花里的一朵。再后来，我看到天上的飞鸟，会这么想，它或许是我奶奶变的。我看到一只小虫子，也会这么想，它或许是我奶奶变的。我的奶奶也许变成了一缕风，一捧月色，一枚叶子……终究有一天，我也会跑去跟她会合，在风里。——这么一想，我快乐起来，我的奶奶从未离开过我呀，她一直在我身边。

宝贝，你掉落的那颗星星，它肯定也在地上长出什么来了，它或许长出了一棵草。或许长出了一棵树。又或许，它变成了一只调皮的小虫子。

不知宝贝有没有读过作家林清玄的文章。他曾跟人论过生死，他说，其实生跟死没什么两样……就好像移民或者搬到别的城市居住，总有相逢之日。

他走时，很突然，什么预告也没有，连衣袖也没有挥一下。他的家人，他的朋友，还有无数的读者，也只当他是去往极乐世界，或者去了琉璃净土。总之，只是换了一个地方居住。

那么宝贝，你也可以这么想，你那个强势了一辈子的老头，他住腻了我们这个地方，跑去别处玩儿了。他这回可任性了，非要一个人远离红尘去隐居不可。他可能住到了一个四面环水的小岛上，整天在那里钓鱼晒太阳。他也可能跑到哪座深山老林里去了，在那里与松鼠们做邻居。还有可能在哪个雪谷里种花养草，做着神仙老爷爷。

是的，他只是换了一个地方居住，他好着呢。你也要活得好好的，珍惜眼前人。

梅子老师

原谅自己的不完美

梅子老师：

您好！

您可以称呼我为梦梦。

我是一名高中生。我中考时考得比较好，在我们市大概排了 300 多名吧。但是我几乎用了一个学期的时间，才真正融入到高中生活，名次却已经滑到了 600 多名。

我知道要努力。我也知道一时的努力未必有成果。我也告诉自己，要稳住，一点一点来。可是结果却是，频频遭受打击。

我英语是九科当中最好的，一般都保持在 130 分以上，然而这次期中考试也才考了 119 分。我真的很久没有看过"11"开头的数字了。三门主科里，我的语文最差，刚过及格线。

我想继续努力，又怕方向是错的。就像做数学压轴题，明明按着思路写下去就是对的，但那一步却久久下不了，觉得下面没有路了。

一直班级倒数第十名可不行啊。新的高考改革方案出来了，我选了纯理科。我在的这个班，不仅理科好，文科也是一流的。就我一个理科不是很好，文科也一塌糊涂的混在里面。

其实我也明白这样一句话："即使绝望也不要否定自己，你还有时间，你还可以努力，你还可以学到很多东西。" 但是我没有办法不否定自己，没有办法不自卑啊。求您指条明路好吗？谢谢您。

梦梦

梦梦，你好。

我非常理解你的焦虑和困惑，付出足够多的努力，收获却甚微。这事摊谁身上，谁都会心理不平衡的。

那怎么办呢？我也想不出好的办法来，除了继续努力下去。倘若你停滞不前，你就真的没有希望了。

我也曾历经高考。我们当年的高考，也分文理科。我读的是文科。我因是从乡下考进城里去的，乡下在初中没有开设英语课，导致我的英语不是一般的差，而是非常的差。数学也是勉强学着。要说打击，我简直天天在受着打击，一上英语课，我就如同听天书。但还是硬着头皮学呀。我原谅着自己的不完美，每天都给自己打气，我背一个单词，总比不背一个的要好。我做一道数学题，总比不做一道的要好。人家迈一大步，我就走一小步。我可以把步子走得紧密一些，尽量赶上人家的一大步。

是的，我就是这么走过来的。别人花一分钟走完一步，我要花上两分钟甚至更多的时间。我把自己最不擅长的学习难点，一一列出来，像蚂蚁啃骨头似的，一点一点消化它们。有沮丧吗？有。我也会痛哭，也会迷惘，但我不允许自己长时间陷在其中。路总得继续，所以，眼泪擦干后，我又埋头走路。即便后来没有如愿考上，我也对自己没有抱怨。努力过了，就无悔了。

梦梦，人是在不断否定自我中成长起来的。有否定是好事，这样才能看清自己，找到自己的不足。但是，千万不能过分自卑。你有什么可自卑的呢？这世上，谁都不是全能的。你在这方面薄弱些，那一方面就未必了。比如，你的英语就很好，119分很不错了呢。何况你实际水平要远远高于它，你只要稳住它就好了。其他学科，你做好均衡，给自己制订个周密的学习计划，有步骤有目标地一一完成。结果如何，就不必去想了。管它呢！

原谅自己的不完美，那是光照进来的地方。当你原谅自己了，你也就看到光了。

梅子老师

活在自己的愿景中

亲爱的梅子姐姐：

您好！

我是您的忠实读者，我很感谢，您能百忙之中抽出一点时间来读读我的信。

我是一名高二的学生了，我喜欢您的文字，喜欢那种暖暖的风格，我自初一开始偶然间接触到您的作品，便一发不可收拾地爱了六年。

我想跟您聊聊我的故事，这个想法在我心中已经好久了。我很爱您的文章，但我更爱里面一个个鲜活的人物。

我认为我是一个"双面"人，当我看到那些叛逆最终却又步入正轨的人时，我想到了自己。"栀子花，白花瓣，落在我蓝色百褶裙上"——您写的张丹的故事，我反反复复读了好几遍，我喜欢那个叛逆却又敢爱的女孩。

现实生活中的我就是这样的，我内心叛逆，追求个性和张扬，也就是这样，我会抽烟会喝酒会打架会逃课会玩滑板，是一个不可理解的坏女孩。可在老师和家长面前我又是那么优秀，成绩常年名列前茅，我是老师对外侃侃而谈的骄傲，是家长的明珠，知书达理的好孩子。

但是就是这样一个两面的我，真的撑不住了，我一方面不想放弃自己的内心，喜欢那些酷酷的事情。另一方面却没有勇气做一个"名副其实"的坏孩子，因为我知道我不能辜负了那些期望。外人看不出来那么爱玩儿的我为什么会考出那么好的成绩，他们不知道我半夜苦读到凌晨，不知道我叛逆的背后还爱读着那暖暖的文字。我就是这样的一个"双面人"，我很困惑，为什么就是这样两面的我，不能得到大家的认可，难道这世界只有好和坏，一锤定音你就是好学生和坏学生吗？

　　梅子姐姐，我来这请求您的帮助，我不知道这样做是否正确，我也不知道我算不算得上好女孩，我不知道下一步应该怎么做，我想好好学习，可我内心的小魔兽总是会扰乱我。希望能得到您的帮助，谢谢您。

爱可可的女孩

我叫你可可，可好？

可可，谢谢你，爱了我的文字六年。它见证了你从一个小姑娘，长成一个大姑娘，这是我文字的幸运。

我们每个人的内心，都住着一头不安的小兽呢。我们一方面遵守着道法礼仪，按着被设计好的人生路，向前走着。但另一方面，我们又羡慕着小鸟的自由，想逃离人生应有的轨道，去走走那些不曾走过的路。

这没有什么不好。谁的青春里，没有几分张狂？那些活色生香的"叛逆"，那些"酷酷"的事情，都是平淡之中泛起的小浪花。人生因此，多出一些体验，多出一些可能性。

只是亲爱的可可，在你做出任何行为之前，请你一定要先掂量一下，它会不会伤到你，会不会伤到他人。假如它真的能让你心情愉悦，能使你在事后想起，也绝不后悔和内疚，那么，你尽可以去做。

世上之事，有时的确很难用对错来简单区分，它不是非黑即白。但你的心中，一定要有个衡量的标准。我以为，仰不愧于天，俯不怍于人，能做到这一点，就很棒了。

或者我们弄个简单易操作的标准：不伤人，不伤己，不危害社会。那么，你做什么，或不做什么，都是你的自由。

亲爱的好姑娘，人活着，不是活在他人的期望里，而是活在自己的愿景中。要成为怎样的人，将来要遇见一个怎样的自己，都是你自己说了算的事。

你的愿景是什么呢？如果你想好了，你就一心一意朝着它走吧。

梅子老师

人生没有草稿

梅子阿姨，也不知道你能不能看见。

梅子阿姨，我好难受。我从小寄居在姑父姑母家九年，去年才回到爸爸妈妈身边。我的妈妈真真是不负责的，在我十一岁时，走了。那时我的妹妹才三岁。

我初二那年，她又回来了，回来之前拿着爸爸的卡买了首饰衣服。现在我升高二，她又走了，又要把我们丢下。阿姨，她为什么要生我和妹妹呢？她这个暑假走了，我也才十七岁，我每天要写繁重的作业，还要极不熟练地煮饭，我也想要开开心心的。2020 年下半年就是我刚进高中那年，我查出了抑郁症。我已经被数学折磨得不行了，高中带给我的落差太大了，阿姨，我也不知道和谁说了。

碧落黄泉

宝贝，我看见了。拥抱一个！实在难受的话，就大声哭出来。有时，哭一哭，心里会松快一些的。

我刚在抄写古罗马诗人贺拉斯的一首小诗，极愿意与你分享一下：

人生没有草稿，

雪化了是春天，

不管是生活的路越走越宽还是越走越窄，

不管暴风雨将我吹向何方，

我都将以主人的身份上岸。

每个人的人生，都没有草稿，上帝大笔一挥，就落地生根了，修改不得。比如你生在这样的家庭，遇到这样的妈妈，是由不得你选择的事。生活的"暴风雨"会把你吹向哪里呢？说不准。然总有抵达岸上的那一天。而在上岸之前的这一段时光里，你将成为一个怎样的你，是被命运之船操纵着，还是反过来操纵着命运之船，这得看你的选择了。

俗话讲，穷人的孩子早当家。过去缺衣少吃的年代，有的孩子从七八岁起，就担负起照顾一个家庭的责任了。你就当你是生在一个穷家里，家徒四壁，你总得找到生存的法子。咱已十七岁了，不怕了，不就是做做饭么，咱边听音乐边做，边听唐诗边做，边听英语边做。在愁苦里，找点乐子，愁苦的事，也就不会那么愁苦了。

对于学习，我一直的看法是，有多大力，使多大的劲。不要背负太重的包裹，去想万一的事情，什么万一我追不上别人的脚步怎么办？万一我最后考得不好怎么办？万一……哪有那么多的万一啊，最坏的结果不过是，考不上一个中意的本科。怕什么呀，此路不通，还有别的路，去读个不错的专科院校也很好呀。只要你不停下学习的脚步，条条大路都可以把你送上一个较高的平台去的。

数学对绝大多数女生都不友好呢，原因是女生偏于感性。我高中的时候，也挺怕学数学，我还特别害怕学物理，听到摩擦力抛物线运动啥的头便大了。当时也就硬着头皮学呗，能学多少是多少，其他的学科我拼命学好，把总分拖上去了。

妈妈是你的一面镜子，她做得不够的地方，你都要尽量避免。你要做得比她好，活得比她出色，你要活成妹妹的榜样。宝贝，顺境是财富，逆境更是财富，坦然接受现在的你，包括接受你所处的环境，更快地成长起来。不管将来你在哪里上岸，我都祝愿你能以主人的身份上岸。

梅子阿姨

你不是月亮

致丁立梅老师：

丁老师，好久就想给您写信了。现在是暑假，想跟您说说我的烦恼。其实……也算不上吧，只是当困难来临时觉得特别崩溃，但事情过去之后，又没那么强烈了（挺奇怪……）。

我叫小宗，一个女生。

我是一个平凡得不能再平凡的人，出生在一个不起眼的地区。我是贵州遵义人，六年级毕业后，我爸妈准备送我去重庆读书。因为，重庆的教育资源比贵州领先至少10年。说实话，对于这点，我挺佩服我爸妈的。如果把这个事情放在其他家庭里，恐怕没几个会这样做。因为——经济方面、年龄方面、成绩的要求……我才十三岁，初一。

上个学期，我考上了重庆市某重点中学。可是……我数学不咋地，而且，数学老师认为我是贵州的学生，能力肯定有差异，就故意给我降低难度（当时，我在全校最好的班）。我英语和语文都是拔尖的（哈哈，作文还在学校校刊上发表过好几次）。我非常感谢我的语文老师，她欣赏我，让我成长。虽然只有一个学期，但我一辈子也不会忘记她。

寒假时，数学老师没给我布置提升作业，理由是——怕我不会做。真是打击我的自信！我当时就火了，我爸也火了。后来……我们想尽办法，说我妈妈得脑瘤了，得回家（妈妈生病这件事是真的，但医生说是先天性，没有生命危险。我挺心疼的，但我不想说出来）。虽然校长和班主任一再挽留，但是，我还是决定转学。

庆幸，我考上了重庆市又一所重点学校。学费挺贵，八万一年。那里的学生都是些富二代，但成绩却好得出奇，非常优秀。经过选拔，只留下100多号人，全年级共七个班，每班二十几个人。这里的老师随和，同学大方，很容易融入，我很快爱上了这个地方。但，我数学分数又低下去了，期末考试非常差。我爸妈着急，我也着急啊，虽说是在重庆读书，很多人羡慕，可真本事是重要的呀。我也很迷茫，不知道怎么办。我妈甚至决定让我回老家上学。可我真的舍不得这里……所以，我妈还在犹豫。

我也内疚，毕竟，我家并不富裕。自从我转学后，我爸妈决定开个诊所。我爸是实力派，在单位上班，好多病人都点名让他看病。经过他们的努力，勉强能负担得起我的学费和全家人的生活。他们那么努力而我却……唉，我也不知道怎么办……

丁老师，我是在语文考试的阅读题上认识您的。后来，蒋老师给我推荐您的书，我一下子就迷上了。您所有的书，我每本起码都看了不下五遍。现在的语文老师，他是班主任，喜欢拿综合成绩来对比，综合成绩好的，他就对待认真些，一般的，就一般对待，不那么认真。所以，我的作文他也不那么看好，或许他根本没有认真看过吧……可每次大考我的作文都是第一，他却以为我是抄的。因为，在他看来，我平时并没那么出色吧。

就这样吧，我也是您的粉丝，想认识一下您。顺便，倾诉一下。

谢谢。

您的小读者：小宗

小宝贝你好，读完你这封长信，我很感慨。

我想起我的十三岁，那时我在乡下一所初级中学读书，除了上课能好好地坐在教室里，别的时间就是疯玩儿。春天下河捉蝌蚪，夏天上树捉知了，秋天到处去采野果子吃，冬天呢，几个同学一起玩冰也能玩儿上大半天。也不曾想过明天的事，也不曾计划过未来，只懵懂得如乡野里的一棵植物，到该打花苞苞时，就打花苞苞。到该开花时，就开花。那时，四野的风是绿的，天空也高。

你的十三岁，却在无尽的焦虑和辗转中。你怕是好久不曾看过天空的样子吧，好久没有听听鸟叫的声音吧，好久没有看看一朵花，是怎么慢慢开放的吧。是的，你很用功很努力，你目标明确，志向远大，你很能体谅父母，知道疼惜他们。这样的一个你，懂事成熟得让我怜惜。

从遵义，到重庆，你迈出了人生中的一大步。在那里，你进了学校最好的班，遇到了欣赏你的语文老师——这本是多么幸运多么值得珍惜的事，却因为数学老师没给你布置提升作业，你火了，不顾校长和班主任的一再挽留，转学走了。

你进入到一个新的学校。你的运气不错，这里老师随和，同学优秀，你很快就爱上了这个地方。却因为班主任对你不够欣赏，因为期末数学考试没考好，你心里不平衡了，你又焦虑到近乎崩溃，迷茫得很了。

宝贝，我真替你担心，倘若你这次真回遵义去，你就能保证所有的人，都会把你捧在掌心里？要是有谁再对你"冷淡"和"忽视"呢，你怎么办，难不成又要再次转学？

你在第一所学校遇到的那个数学老师，我相信，他不是成心瞧不起你。他给你降低难度，不给你布置提升作业，也是因材施教吧。你也说你的数学不咋地，老师也许是出于好心，想照顾你。你不想被照顾，可以跟老师好好沟通呀，我想老师他不会固执己见，他当然希望他教的学生都能表现杰出。

你现在遇到的事情，也是很不值得生气的。你说班主任不重视你，不看好你的作文，你大考作文第一，他认为你是抄的。我想问问，是老师亲口对你说的，还是你私下里猜测的？倘若是老师亲口说的，那请老师当场出题，你现场写一篇作文给他看，证明一下自己的实力。

好，就算你的老师他不欣赏你，那又怎样？你如何学习如何生活，自主权掌握在你的手里，你只要踏踏实实走好你的路就好了。

宝贝，你不是月亮，不可能让所有的星星都围着你转。在你成长的路上，不可能都是平坦顺遂事事如愿的，有时难免会碰到一些坑坑洼洼。这个时候，你要做的，是想办法解决，而不是抱怨和回避。也许那些坑那些洼，只是个小小的浅浅的坑和洼而已，你稍稍抬一抬脚，也就跨过去了。

宝贝，我建议你，在你感到焦虑迷茫的时候，去关注一朵花吧，去听听风吹过叶子的声音吧，去看看夜晚天上的星星吧。大自然的心胸，疏朗开阔，既接纳白天，也接纳黑夜。好多的事情，远非你想象的那么糟糕。

祝你暑假开心！

梅子老师

敞敞亮亮做自己

亲爱的梅子老师：

您好！

梅子老师，我是一名高一的学生了，似是随着年龄的增长，烦恼也越来越多。我不知道该怎么办，所以就想给您写一封信。

从小到大，我被贴上了各种各样的标签，例如：乖乖女，懂事，听话，惹人疼……我不敢反抗，所以便一一接受，久而久之，他们似乎真的成了我的代名词。

每认识一个人，她们都会说：你好淑女，好文静，好温柔啊！对此，我总是一笑而过。同学们见到我，总会喊上一声：冬冬姐。您可能会认为，这多好啊！大家都认识你，都和你打招呼。不，梅子老师，我想说，我是孤独的，我真的感觉好孤独。

去往食堂的路上，我一人独行，夜晚回家的路，我依旧独行。班里的同学有说有笑，可我却像个圈外人，插不上一句话，似乎一点儿都融不进他们。我依旧保持着微笑，但我的内心真的好难受，好难受。他们不知道我的微笑只是为了掩盖孤独，我不爱说话只是因为没有一个朋友可以听我倾诉。

我也想像其他孩子一样，受了委屈，心里难受了，回到家可以和父母说。

但我不能！我的父母很严肃，不瞒您说，我真的很害怕他们，很害怕很害怕。我的父母从来不会带我出去玩儿，他们只会说，为什么人家的成绩可以这么稳定？

我本来就很难受，很孤独。可听到他们这么说，原本想说的话怎么也说不出口。我还想告诉他们，你们的女儿也很努力，也很优秀，只是不知道为什么就是考不好，总在 100 名左右。我一直都是老师身边的红人，每到一个班级，老师都会很喜欢我，我的父母就会说，你老师觉得你好有什么用，成绩不还是没考起来。我真的很难受。

久而久之，每遇到什么事，我都是自己憋着，实在难受了，就躲起来一个人默默地哭。第二天上学了，我又遮住自己的伤口，还是他们那个冬冬姐。

梅子老师，今天就因为弟弟乱动我东西，我说了他一句，妈妈就说我两个星期才回家一天，刚到家就和弟弟吵架，她说了我好久。我真的很难受，在学校孤零零的一个人，只能不断地学习，回到家不仅没人可以倾诉，还要被训。梅子老师，其实，我只是不喜欢别人未经我同意就动我东西，您可能会认为我这是自私吧。我也不知道，只是一个人久了，那些东西就像自己的最后一道防线，你动了，我好像就没了保护，好像自己最后的东西也被抢走了。

梅子老师，我真的不知道该怎么办。孤独、考不好、和父母的距离越来越远……

梅子老师，不知道这封信您是否能收到，但我依旧想试试。

愿您：烦恼随风而去，不复返；欢乐随风而至，流水长。

您的读者：冬儿

冬儿，你好。

今天是个特别的日子，西方人把今天叫作圣诞节。它本来是一种宗教纪念仪式，纪念耶稣诞辰。但后来，它渐渐发展成一个狂欢的节日，就像我们国家过春节一样热闹。它的来源和本意，人们已不去在意和关心了。人们关注的是，可以通过这个节日来消遣快乐，拥抱值得感激的人，给喜欢的人送去礼物，给陌生人送去祝福。

冬儿，此刻，我也想对你说一句，要快乐啊好姑娘，愿你一生平安顺遂。

你说，从小到大，你被贴上各种各样的标签——乖乖女、懂事、听话、惹人疼。这些好孩子才有的标签，让你深受其累，于是，你分离出两个你。一个是戴着面具，展示给父母和他人看的你，那个你，温柔、文静又听话。而另一个你，是住在你身体里的你，当你微笑的时候，她在哭泣。当你低头答应一声好的时候，她却在说，不，不要。她活得脆弱、憋屈、孤单，她没有朋友。

好姑娘，这两个你，都不为你喜欢吧。你想要的一个你，她可以乖一点，但不要那么乖。她可以文静一点，但不要那么文静。她也可以闹，可以哭，可以任性，可以无理。是的是的，这是一个姑娘本应该有的样子。可是你为什么就拥有不了呢？原因不在于他人，而在于你自己，是你自我设限，把自己囚禁在别人的目光里。

也许，从小到大，你听到的肯定和表扬太多了，诸如"乖乖女、懂事、听话、惹人疼"类似的标签，这些标签并不是你一生下来，就贴在你身上的，而是在你成长的过程中，慢慢儿地，一个一个贴上去的。每被贴上一个，你就有短暂的眩晕感吧，甚至还有些沾沾自喜吧？那种被认同的幸福感，让你舍不得撕下它。就像小时在幼儿园里，因为表现好被老师奖励了小红花，那小红花要一直一直戴在胸前，让每个看到的人，都夸你一句，啊，冬儿是个好孩子呀，得了小红花呀。可是，当你后来不小心弄丢了小红花了，生活怎么样了呢？它真的没有变得更坏呢。

冬儿，如果那些标签贴在你身上，只让你感到累，你何不撕掉它？要那些标签做什么呢？敞敞亮亮做自己，你有你的坚强，也有你的软弱，你不妨把那些软弱展示出来。是的，你没有他们想象的那么完美。这样，你做人会轻松多了，因为不用伪装呀。揭去伪装的外衣，你真实的样子，自带光彩。

对于学习上的事，你有什么可自责的呢？你已经尽力了呀，问心无愧了呀，这就很好了。想想，你已经很不错了呢，成绩能排到100名左右。你后面还有那么长的队伍呢，那些排在你后面的孩子，是不是望到你都要羞愧死了？名列前茅毕竟只是少数人，我们可以有争取第一名的心，但切不可以此作为衡量人生的意义。人生除了考试，还有好多事情要做，好多物事要爱。

　　和父母之间，我们要善于表达。父母是爱你的，这点你不会否认吧？只是他们爱你的方式，与你想要的，有些出入罢了。你大可以说出来呀，对自己的父母，有什么不能说的呢？好姑娘，不要把心思都在怀里揣着，你不说出来，父母就永远不可能知道你的真实感受。倘若你当面不好说，你也可以选择采用书信的形式，给他们写一封信吧，把你的委屈，你的努力，你的爱，统统写出来。我想，父母读了之后，一定会有所感觉的吧。亲人之间不是用来误会的，而是用来爱的。

　　冬儿，只有你敞开你的心胸，外面世界的缤纷，才会进得来。

梅子老师

第三辑

不完满才是人生

　　物无全胜，事无全美，人无全盛，不完满才是人生。我们活着一场，就是来修缮它的，用梦想，用期待，用追寻，用光亮……

这样，就很好了

梅子老师：

你好！

读过你很多文字，看过你很多照片，特别羡慕你奔跑的样子，看着看着，我就会流下眼泪。

怎么跟你说我的故事呢？一直记得十六岁的那个夜晚，我下晚自习归家，在十字路口，一辆卡车把我扑倒，夺去我的双腿。我记得好清楚啊，那天的夜，好黑好黑。从此，我的天空，再也没有明亮过。

我恨，命运为什么要这么残酷地对待我？我整天躺着胡思乱想，想死，脾气变得越来越暴躁。连我妈也烦我了，有一天她负气出门一天，发誓不再理我。可晚上回来，却抱着我哭得天昏地暗，对我说了无数个对不起。

我不想我妈难过，但我做不到。我已成了个废人，除了拖累她，我还能做什么？

阮阮

阮阮，你好啊。

你喜欢读诗么？在所有的文字中，我以为，诗歌是最能抵达人的灵魂的。

我读现代诗，很少能在瞬间记住。但今晨，我读到一首，却立即就记住它了。诗是余秀华写的，其中有几句很截人心，是泪中的笑，冰中的暖：

人间有许多悲伤

我承担的不是全部

这样就很好

能悟到这般境地的，非大苦大难的人不可。上帝赋予他们苦难的同时，也教会他们承受苦难的智慧和能力。我在想，如若不是脑瘫，余秀华或许不会写诗。千千万万的读者，也就错过了阅读她笔下好诗的机会。这对读者来说，是损失。对她来说，未尝不是。她会成为一个什么样的女人呢？不好设想。

阮阮，你也许会说我矫情。谁愿意脑瘫啊！你很生气。我当然知道，对余秀华来说，她宁愿不要诗歌，不要所谓的才华和成名，她也要选择健康健全。或许她只愿做一个健康健全的女人，哪怕就是过顶顶寻常普通的日子。

可事实是，不幸它降临了！就像你，阮阮，因一场车祸，失去了双腿。从此，你只能坐在轮椅上。你能绕开它吗？你能对它大喝一声，去！你走开去，我不欢迎你！苦难它是不肯听你的话的，它就赖上你了缠上你了。好的命运是上天赐予我们的礼物，坏的命运又何尝不是？我们只有坦然接受，并力争活出点意思来。

我又想到岩缝里的草了。我去过不少的大山，几乎在每座山上，都能看到那样的景象，有小草，从岩缝里挣扎着站起身来，笑微微地顶着一朵花，或黄或红，惊艳了一方岩石。我只觉得，一座大山都在为它唱赞歌。命运对它来说，何其不公，把它的种子，随意撒到岩缝里去了。它若气馁，它若妥协，它必将永远埋藏于岩石之中，化为尘土，不见天日，哪里还会迎来花开的明媚？然它没有这么做。既然已经在岩石中了，总好过飘落在海洋里吧？——这样，已经很好了，它一定是这么想的。它接受着命运的安排，又不屈从于命运的安排，它努力适应新的环境，并努力做出改变，借着一点点空中落下的尘埃，借着一点点露水和雨水，它竟也顽强地生长起来，为自己争得了生命的绽放。

亲爱的阮阮，我不想同情你。别骂我，我其实，很想恭喜你，恭喜你失掉的仅仅是双腿，而不是双眼。有多少人在车祸中丧了命？又有多少人因车祸从此躺在床上，无法动弹？还有多少人因车祸，从此告别光明，只能生活在黑暗里？阮阮，你真的不是最不幸的那一个。这样，就很好了。

如今，事实已成事实。阮阮，你又何必日日与自己较劲，沉溺在昔日双腿能飞奔的日子里，不愿面对现实？这样天长日久下去，你失去的不仅仅是双腿，你还将残缺了你的生命和心灵。这等于发生了第二次"车祸"，且比第一次要严重得多。而制造这起"车祸"的人，就是你。

还是醒醒吧阮阮！醒过来，接受现在的你，尽快找到新的活着的方式。腿没了，你还有手啊，还有眼睛，还有耳朵，还有一颗完整的心。这些，足够你应对新的人生了。

不知你有没有听过澳大利亚人胡哲的故事。他出生时，天生没有四肢，只在左侧臀部以下的位置，长有一个带着两个脚指头的小"脚"。就是这样一个人，他不单学会握笔写字，而且饱读群书，顺利大学毕业，获得会计与财务规划双学士学位，并出版多种书籍，在东南亚进行过巡回演讲，还感动了无数的人。

阮阮，比起他来说，你的命不知要好过多少倍去。所以，不要再沉沦了，也莫要再悲戚了，从现在开始，接受新的一个你，并努力爱上她。给她一个重新绽放的机会，好吗？嗯，笑着对自己说，没什么呀，这样，就很好了。

梅子老师

做个阳光的天使

梅子老师：

您好！

我是一名单翼天使，只有妈妈，我的爸爸在今年四月的时候突发三级冠心病去世了。

我现在很苦恼，因为我知道，自己现在越来越不喜欢和别人交往，越来越喜欢沉浸在自己的世界里。妈妈很担心我，但是她也没有办法，爸爸在外面还欠了许多外债，她自己都应顾不暇。我自己也没办法，我还是接受不了今后再没有爸爸的日子。而且现在家里的情况很窘迫，我知道班里一些人背地里都会嘲笑我，但是我不能反驳，因为他们说的都是真的。我很伤心，我想努力学习，可是静不下心来。我想像您演讲时讲的一样，可以沉浸在书的海洋里，但是家里实在没有多余的钱买书。我想借一下别人的书，可是我知道他们肯定不会借给我，因为在他们的眼中，我是一个不祥的人。所以我现在没有好朋友，也没有人可以倾诉。直到今天听了您的演讲，我觉得我可以把这些讲给您听。您可以给我一些启示吗？望回复。

单翼天使：楠楠敬上

楠楠小天使你好。

我们这儿，已连续下了好几天的雨，下得人心里好不烦闷。空气都是潮潮的，伸手轻轻一戳，似乎都能戳出个洞来。衣服被褥，也都是潮湿的、不清爽的。——这似乎是件很不美好的事。然倘使我们换个角度来看呢，下雨天自然也是有好处的。比方说，植物们饱吸一通雨水，变得更加葱茏茂密。鸟儿们的叫声听上去，也是含着翠滴着雨的，别样的悦耳动听。我还看到一株小小的爬山虎，几场雨后，它的茎和叶，已攀满了人家的半面墙。

这样的天，还适合听雨。雨是自然界最强的音乐师，它会弹奏各种各样的乐器。打在屋檐上，打在晾衣架上，打在窗台上，打在楼下的桂花树上、栾树上、玉兰树上、橘子树上、蜡梅树上、紫薇树上，发出的声响，又个个不同。或者，就撑着伞，去雨里走走，听雨打在伞上，又是另一番境地。或者，就坐到路边的某个小亭子里发会儿呆，听雨在亭子四周歌唱。

雨落在河里，那是水落在水里，更是奇妙。它们会画出一个一个的小圈圈，像水在笑，笑出的梨涡或深或浅。雨落在草地上，像手掌摩擦着头发，轻微的沙沙声，听得人的心发软。这时候，你会想起很多背过的有关雨的诗句，如"沾衣欲湿杏花雨，吹面不寒杨柳风"；如"小楼一夜听春雨，深巷明朝卖杏花"；如"天街小雨润如酥，草色遥看近却无"。哪一首，都在唇齿间芬芳。察古人心意，竟不觉有距离和遥远。

我为什么要跟你说这些呢，楠楠？我只是想告诉你，当我们面对窘境、困境和不幸时，不妨换个角度去看、去想，也许，洞天就在另一边。你失去爸爸，这是件很不幸的事。你伤心难过，无力无助，这都属正常，也是可以理解的。何不这样去想，上天这是在考验你呢，让你速速长大，独自去承担风雨。你若一味地沉浸在悲痛的情绪里，一味地封闭自己，不肯再走出来，那是在浪费和抛弃自己的生命啊。我想，这也是你爸爸不愿意看到的吧。

死亡，是我们每个人都无法回避的事情。早早晚晚，我们所有的人，都要面对这个现实，只不过，你提早了些而已。你可以选择不接受吗？不能。那么，坦然接受吧。失去的，已失去了，而你，还要好好活下去。

不知你有没有看过日本电影《天使》？它聚焦于一条街道上的一群人，那条街道上，住着超市职员加藤、单身父亲吉川和女中学生米禾等人。加藤一度陷在感情的泥沼里，艰难跋涉。吉川是个深爱小女儿的父亲，他在不喜欢孩子的女友卡斯米和女儿之间，做着艰难的抉择。米禾因一件小事被误会，在学校里受到孤立，变得孤独……生活的十字路口，站着不知所措的这样一群人。正在这时，神秘的天使降临了，她身穿雪白的衣衫，背后镶着一对雪白的羽翼，眼神清澈如雪，似乎能穿透人的心灵。她用她的光和暖，向这条街道上的人们传递着她的爱，使人们敞开了心扉，重新燃起对生活的信心、勇气和希望。最后，他们各自通过自身的努力，摆脱了生活的烦忧和困境，过上了相亲相爱的幸福生活。

楠楠，你称自己是单翼天使。天使是带给人信心、勇气和希望的，是不是？我们先给自己一些信心、勇气和希望好吗？做真正的天使，虽失去一翼，仍能飞翔。失去爸爸，那不是你的错，你无须自卑，更不要自认为自己是个不祥的人。倘使你一直自怨自艾，原本怜悯你理解你的人，也会变得不耐烦。因为，谁也不愿意老是面对着一张幽怨的脸，一个不快乐的人。久而久之，你才真的被孤立了呢。

班里一些人背地里嘲笑你，你又有何惧？贫穷和窘迫并非你造成的，你为何要羞愧要自卑？昂起你的头来，笑对他们，用乐观和坚强做盾，让他们在你面前自惭形秽。

楠楠，爸爸走了，最无助的不是你，而是你妈妈。你要代替爸爸，照顾好妈妈，成为妈妈的有力支撑才是，而不是成为她的担忧和负担。你也知道，你爸还欠着一些外债，你妈要替你爸偿还。她一个人奔波劳碌，她的处境，该有多难！这个时候，你更应该坚强起来，为妈妈分忧，成为妈妈活下去的勇气和希望。这也是天使要做的事哦。

你说家里无钱买书，想问同学借书读，怕被拒绝。你没试过怎么知道他们不肯呢？我去过你们学校，看到有个不错的图书馆，你也可以去图书馆借书读。还可以求助于你的老师，没有哪个老师，不喜欢读书的孩子。实在不行，我也可以给你寄书，只要你真的愿意读。

楠楠，我希望，你能迅速恢复到从前的状态，像爸爸在世时一样。他在天上，会看着你呢。你要笑起来，像天使一样微笑。当你一身明媚，满身阳光，融入到同学中去，有谁还会嘲笑你呢？嗯，天使的微笑，会融化冰雪的。

做个阳光的天使吧宝贝，不要再陷在自己悲伤的世界里，胡思乱想，而要学会主动去敲幸福的门，大声喊出来：喂，幸福，你在吗？天使来了。

是的，你要宣布：我是天使，我来了。日子慢慢地，会变得明媚起来的。

梅子老师

我们都不是完美的人

梅子老师：

　　您好！

　　我总会无意地与父母发生冲突，感觉随着自己长大，他们有些缺点越来越突兀地显现在自己面前。他们会不分场合地发脾气，就像张爱玲说的那样，只有在父母形象趋于崩溃的时候，我们才会真正认识他们。

　　我不知道怎么跟他们相处了。

小鹿 19999

　　小鹿你好，我给你讲一个小故事吧。

　　有这么一个小女孩，她和她贫穷的父母，一起住在山里头。十岁之前，她从没走出过大山，眼中见到的，除了山沟沟，还是山沟沟。十岁这年，她偶然被人带出山外，带到城里，住进一富人家里。在那里，她第一次看到吃饭有专门的餐桌，盛饭有漂亮的碗碟，每样食物都那么精致好看，又特别好吃。她第一次见到睡觉的房间，干净、明亮、色彩绚丽，里面堆满了玩具。

她第一次看见宽大的浴缸，还有能不断喷水的花洒，喷出来的水，都是温热的。她第一次知道，大小便居然不用蹲在露天里，而是有专门的卫生间，有泛着釉光的马桶。她第一次穿上绵软的睡衣，身上喷着香……小女孩完全呆掉了，她不知道这个世上，还有这样的一种活法，与她贫穷的山沟沟是多么不同。

她对富人家的一切都好奇，她吃着从未吃过的美食，穿着从未穿过的华衣，睡着从未睡过的席梦思床，玩着从未玩儿过的玩具，她很快乐。然这种快乐并没有持续多久，小女孩强烈地想她山沟沟里的家了，想爸爸妈妈了。她闹着要回家。富人逗她，这里就是你的家呀，你以后就是我们家的女儿呀。小女孩愣愣看着富人，信以为真，她并没有因此高兴，反而难过地哭了，说，不，这里不是我的家，我要回我自己的家。富人很意外，继续逗她，你家那么穷，有什么好？在我们家里多好啊，你想吃什么就吃什么，想穿什么就穿什么，想玩儿什么就玩儿什么。我们还会带你到处去旅游，你不喜欢吗？小女孩抽抽噎噎答道，喜欢。可是，我的家里有我的爸爸和我的妈妈呀。

小鹿，不知你听了这个故事，有什么感受。有爸爸妈妈的地方，才叫家。尽管，小女孩的爸爸妈妈，完全活得没有那个富人富裕、优雅和有品位，他们是粗糙的、卑微的，也许还都是大嗓门，做不到和风细雨地说话，话语里，有时还会夹杂着一些脏话……可是，那是她的爸爸妈妈，是她的！任何人都替代不了的。

不可否认，当这个小女孩再长大一些，在她见识到更多的事物之后，有了比较，她心里会产生落差，曾经那么依赖着的爸爸妈妈，原来是这么的平凡，甚至是粗陋的。她在内心排斥着——这是每个小孩在成长中，都会遇到的心理变化。小时，哪怕自己的父母再不济，在自己眼里，也是顶天立地无所不能的。我们绝对的崇拜，从不拂逆，因有了那个爸那个妈，我们天不怕地不怕，觉得整个世界都是我们的。然经年之后，我们大了，个头超过他们了，他们却矮下去。我们看他们，得用俯视了，他们的衰老，他们的"软弱"，他们的"不堪"，他们的"无能"，他们的"无知"，被我们一览无余着。我们似乎才恍然大悟，这么多年的仰视，原来都是被他们给欺骗了呀，他们根本不是高大的、完美的、超能的！我们站在制高点上，俯瞰着他们，放大着他们身上的缺点，挑剔着，嫌弃着，并由此生着小小的怨恨。

可是小鹿，你有没有想过，你是完美无瑕的孩子吗？既然你不够完美，为什么要求父母完美？父母也只是普通人，不是圣人。就算是圣人，也还有不足呢，所谓人无完人，金无足赤。

我们都不是完美的人。正因如此，我们才要在这个世上，寻找美好，一点一滴，润泽我们的人生。最终，相遇到一个更好的自己。所以小鹿，不要再对你的父母生出怨愤了，亲人之间，应该多些包容，你说呢？不管怎样，父母养育了你，这份恩情，比天大呢。你可以等他们心平气和时，说出你对他们的感受。为他们身体健康着想，你也要劝他们少发脾气。父母也是一面镜子，照出你的样子，你要时时检查自己，是不是长成你不喜欢的样子了。你的言行举止，要避免重复父母那部分不好的，在跟父母交流时，你尽量要少指责少埋怨，多些理解和同情。

是的，父母也需要同情。你长大了，父母慢慢变老了。有一天，他们

终将变回孩子，天道循环，如此残酷，又如此理所当然。你要做好搀扶
着他们走完余生的准备哦，就像从前，他们耐心地搀扶着你，教会你走
路一样。

梅子老师

花开花落，自有定数

梅子老师：

您好！

我是一个大一的女生，我从初中起，就读您的书。从您的文字中，感受到您的日子总是一派的云淡风轻，好像从不曾有过痛苦。您的生活真是如此吗？如果不是，您又是怎么做到如此安宁不着痕迹的？

我在夏天的时候，刚刚痛失了一个最好的朋友。这个朋友是我的发小，我家与他家住在同一幢楼内，我们一起上的幼儿园，一起上的小学，一起上的初中，一起读的高中。我们称兄道弟，关系好得模糊了性别。就在高考前夕，他还和我开玩笑说，哥们，等到了大学，你帮我追女孩子，我帮你追男孩子，我们同时去谈一场轰轰烈烈的恋爱。

是的，我们一直互称哥们。

但，有一天他却突然在跑课间操时倒下了。那么爱笑爱跳的一个人，就在我面前倒下了，再也没有站起来。时间已经过去了一个夏天，我还是没能从失去他的阴影里走出来，睁眼闭眼都是他，我无法做到遗忘。

梅子老师，您说人活着，究竟为的是什么？一个个来了，一个个又走了，最终什么也握不住。所有的相遇，都是一场空啊。

痛。不能言。谢谢梅子老师听我倾诉。

绿萝

绿萝，你好。我很想借个肩头让你靠靠，很想抱抱你。

每个人的一生中，都在不断地遇见，不断地别离。我也是。

读小学二年级时，我的同桌凤，一个有着饱满的圆脸蛋的小姑娘，在一场伤寒中闭上了眼睛。那是我第一次知道，人走了，永远再遇不见了。小小的心里，有惊惧，有不舍，期望着再相见。有时上课，一扭头，似乎看见她还坐在我的旁边，圆脸蛋像只红苹果。

我10岁那年，跟我玩儿得最好的表哥溺水而亡。我二姑悲痛得语不成调，好几天粒米未进。然生活还得继续，再多的伤痛，时间也会一一抚平。一些天后，再看我二姑，她脸上又有了笑容，看见我表哥生前之物，也能平静相待了。你表哥他去了天堂，她告诉我。那时我信以为真，心里颇得安慰，觉得茫茫宇宙之中，总有一处，收留下死去的人，他年，我们会再度相逢的。

后来陆续地，又有一些我熟悉的人故去，同学、朋友、师长，还有最疼爱我的祖母、祖父。每一次失去，也会痛，但都能坦然地接受。因为我渐渐明了，我们来到这个世上一遭，原就是为了来相聚一场，而后别离。只是有的人会相聚得时间长一点，有的人会短一点。不管时间长短，有缘相聚，都值得庆幸和感激。

我们的生命中，还将有人故去，亦将重新遇见一些人。而最终，我们也将成为故去的一个人。正因如此，每一次遇见，才显得格外弥足珍贵。我们要做的，是珍惜。花开的时候，不要错过。天上有月的夜晚，多仰望天空。

就像这几天，我每晚都要出去等月亮。我在长着梧桐树、樟树和栾树的林荫道上，慢慢走。秋已渐浓，栾树的枝头，开始点起了"红灯笼"。这些红灯笼一样的果实，即便是暗夜里看着，也是很显目的。秋虫的叫声，嘈嘈切切。告别的大幕已拉开，它们，将要和青草、花朵、鸟雀、树们别离。遇见过，热闹过，对它们而言，这就够了。梧桐树的叶子，掉落了不少，踩在脚下，发出清脆之声。它们曾蓬勃在枝头，如今，纵然跃下，无惧无畏。它们将化为泥土，供养明年枝头的又一蓬青绿。

这世上，哪有真正的别离呢？总会化成另一样的存在。比方说，成为泥土。成为养料。成为风。成为雨。成为露。成为来年的叶子、青草和花朵。

月亮也就从东边的一排树的后面，长出来了。那些树木的后边，是河流。河流的后边，是村庄。村庄的后边，是庄稼地。我猜它是从庄稼地里长出来的。就像长棉花一样的。它就是天空中开起的一朵棉花。

我追去河边看。我如愿看到河里，也长出来一个大大的月亮。风吹着清凉，虫鸣声响在耳畔，桂花的香气，在深处。我在有月亮的天空下。我在河边。我在时光里。有那么一刻，我感激得想哭。我为什么来到这个世上呢？我来，就是为了遇见这些美好的啊！

亲爱的，花开花落，自有定数，让逝去的安息吧。而我们，要好好守住的，是当下。比如说，天上的这一轮月。只要你肯走到屋外，只要你肯抬头，你就能赏到。比如说，那密密的桂花开了，我们可以去闻香。我们还可以摘下它来，做桂花糖藕、桂花汤圆和桂花饼吃，日子里充满它的香甜。比如说，和家人一起，守着热气腾腾的餐桌，一边吃着，一边随便聊着。他们在，你在，这便是拥有了。

时光不多，珍惜每一寸的好。让每一场遇见都不虚度，这就是活着的意义吧。

梅子老师

山外有山

梅子老师：

您好！

不管我怎么努力，都不能做到最好。

我也不擅长才艺，不敢真正地展现自己，每次学校一有活动，我都会很胆怯，怕自己会出岔子。我该怎么办？

小读者

宝贝，我给你讲一个我初中同学的故事。

那是个男同学，圆脸，大眼，皮肤黝黑黝黑的。倦怠的春日午后，老师让我们玩击鼓传花的游戏，鼓声停，"花"落在谁的跟前，谁就要唱一首歌。那日，"花"落在这个男生的跟前，全班同学哄笑。因为，这个男生五音不全，唱不了歌。

我们以为他会拒绝和难堪，但他没有，而是大大方方站起来，笑着说，你们都知道我不会唱歌的，但我会竭力唱的，里面的歌词我肯定一句也不会记错。说完，他真的认真地唱了起来。

教室里一下子安静下来，安静得针掉地上也听得见。整个演唱过程中，他不断跑调，不断唱走音，最后，几乎是念着歌词，把歌唱下来……

他唱完后，教室里响起了经久的掌声，把窗外的鸟都惊飞了。

过去这么多年，这会儿，我想起这个同学来，很是有些敬佩他正视自身不足的勇气。这样的人，经历再多的艰难，也不能压垮他。我的这个同学，现在已是个小有名气的企业家。

知道吗宝贝，这世上的每一个人，都不是完美的，都有这样或那样的短板和缺陷。正因这样的不完美，才构成我们五光十色的人生。就像你，不擅长才艺，那就不擅长呗，这又有什么值得胆怯的呢？你可以找出你擅长的东西，加以发挥，也可以重新学习，培养出另外的特长来。

宝贝，不要羡慕别人拥有的，你拥有的，别人也未必有。也不要动不动就说，我要做到最好呀。什么叫最好？山外有山楼外有楼哎，没有谁能做到最好的。你只要能够正视自己，诚实大方，努力进取，一直一直都在进步中，就很好很好了。

梅子老师

愿你成为自己的英雄

梅子老师：

　　您好！

　　我是一名高二新生，面对这沉重的作业，和给予期望的父母，内心其实并没有那样自然和快乐。在他们面前，我或许只是为了完成一个表演罢了。

　　有时候，我真的觉得自己很没用，和别人比起来，真的好不如意。我伤心，为什么我付出了那么多努力，却永远也得不到自己预期的效果，我怀疑自己……

　　阳光依旧在照着，我的心依旧在慢行。

　　我承认自己贪玩儿，面对手机或者其他的诱惑，我控制不住自己。可，可我该怎么办。

　　学习越来越紧，我也想变优秀，也想闪耀，也想改变。

　　愿得到您的回复。

您忠实的读者：小龙

小龙你好啊，"优秀"和"闪耀"，不是想出来的，也不是愁出来的，而是努力出来的。

　　你其实，早已找到自己问题的症结所在——"贪玩儿""面对诱惑，控制不住自己"。

　　当别人都在奋力向前奔跑的时候，你却站在原地，沉溺于玩耍中，事后却徒劳哀叹。结果，你与他人的差距，只会越来越大。

　　幸好你还有醒悟，还有清醒，说明你还有一颗积极向上的心。那么剩下的事情就变得简单多了，就是努力克服自己的惰性、玩性，一点一点，朝着你所说的"优秀"和"闪耀"前行，做一个真正能开怀大笑的人。

　　我给你开的"药方子"是：

　　一、离开你的手机，用做别的事来充实你的时间。从离开半天，到一天，到两天，到三天，到一个星期，慢慢儿地，远离它的诱惑。渐渐地，你对它的依赖性就小了。

　　当然，也不是完全隔绝，如果用它来查阅资料，阅读一些好的文章，用它来听听音乐，也是可以的。但千万不能再沉迷于和学习无关、对自身无益的事情上去。你应该让它为你所用，而不是被它操纵，吞食你的光阴你的青春。

　　二、远离"其他的诱惑"。当又一个诱惑来临时，你坚决地对自己说，不。

等你经过了这个诱惑的考验，回过头去，你会感到，原来抵制诱惑，也不是想象中的那么难。你会很有成就感的。

三、每天早上醒来，给自己制订一个小目标。比如，今天背多少课文。今天做多少习题。今天写多少文字。到晚上，一一对照，看看完成了多少。倘若全部完成了，你就会感到，这一天过得好充实啊。

人天生都有惰性。我们的人生，往往不是输给别人，而是输给自己的惰性。

好孩子，愿你能战胜你的惰性，成为自己的英雄。愿你的生命里，永远充满希望和期待。

梅子老师

教学相长

梅子老师，我今天想跟您吐槽下我们的数学老师。

我在初一的时候，数学成绩还可以，我也很喜欢学数学。但到了初二，换了这个老师来教，我的数学成绩开始步步下滑。为什么会出现这种情况呢？容我慢慢说来给您听。

首先，他没水平，不会讲课。站到讲台上，他只顾自己啪啪啪往下讲，全不顾我们有没有听懂。他语速快，普通话又不标准，也不给我们思考的机会。讲公式定理定律，也不给时间让我们去背诵，迅速地讲过了就算了。随即却又抽我们背诵，我们背不下来，他还发火，骂我们是笨蛋，说不好好学不如回家睡觉去啊之类的话，可难听了。梅子老师您给评评理，难道我们是神人是天才？特别是每次讲解考试题目，他只速速地讲完答案，也不提问，边讲还边骂我们笨，说，这么简单的题目也做不出来。

其次，他还特别喜欢布置作业，一布置就是一大堆，没个两三个小时是做不完的。我和我的同学都非常反感，因为，我们不是单单学数学这一门学科，还有其他功课要做。他总是霸占其他老师的时间，害得我们被其他老师数落。

再次，他还特别爱打小报告，在校长那边说我们语文老师的坏话，说语文老师拖课，影响了他上课等等的。明明一下课，他就风一样卷过来了，把我们课间时间都占去了，不让我们有喘息的机会，他还倒打一耙，足见他的人品太坏。

我有次没有完成他的作业（我实在来不及完成），他竟罚我做双倍的作业，我当面顶撞了他，他勒令我在教室后面站了一节课。从此，我恨上他了，我们的关系，已到了水火不容势不两立的地步。我妈让我去给他道歉，我誓死不从。我妈今天还为这事跟我吵起来了。

梅子老师您说说，是我错了吗？我应该要去给他道歉吗？这样的老师他还配做老师吗？

圈圈

圈圈，你先回答我几个问题吧：

一、你们班有没有同学数学学得很好？

二、你们班所有同学都讨厌这个数学老师吗？

三、这个数学老师从教多少年了？教出多少学生？是不是从来没有一个学生说过他的好话？

我想，你未必答得出来。因为，你对你这个数学老师，并不真正了解。你只是凭着一些表面的事情，轻易就给他下了定论，把他推到你的对立面。

圈圈，凭自己一时的喜恶，去定义一个人，是有失公允的。

圈圈，这个老师再没水平，解题能力也一定比你强很多。不同的老师，有不同的教学风格。他的教学风格，让你一时半会儿适应不了，比如他的语速过快，比如他不大顾及你们的听课反应……这也很正常啊。有的老师就是这么风风火火讲课的，做他的学生一秒都不敢松懈。这不能作为他的原罪吧？你该从自身找找原因呢，假如你的反应更敏捷一些，是不是就跟上老师的讲课节奏了？你应该提高这方面的能力才是。

你说他讲书上的公式定理定律，讲过就算了，也不给你们时间背诵，就急急提问，害得你们背不出来。他是性急了些，恨不得你们一下子把他讲的知识全吃进肚子里去，这，算不得多大的错吧？一个会学习的学生，是要做好课前预习的，书上那些公式定理定律，应提前掌握一些，老师再讲的时候，接受起来就容易多了。你们不能够迅速掌握，只能说明你们还不够用功。学习是件主动的事情，而不是被动地接受。

你说老师布置作业太多。他的出发点也是好的，他希望你们能够勤加练习，做到熟能生巧。要知道，他每多布置一条作业，他批改作业的量，就多增加一条。他这是自找苦吃呢，作业收上去，他得挑多少夜灯，才能批完？当你没有完成作业，他罚了你，方式虽粗暴，心依然是好的，希望你不要掉队。难道你希望老师对你放任不管吗？

他"抢"着一切时间，为你们烧小锅灶，还不是想多喂点知识到你们胃里去？他和语文老师的小矛盾，是两个成人之间的小事情，你们跟着瞎掺和做什么呢？你们把两门功课都学好了，他们自然就开开心心的了。

圈圈，如果我是你的数学老师，吃力不讨好地被你这么怨恨着，我该多委屈多难过啊。你是不是该去跟老师道个歉呢？心平气和地，跟老师好好说说话吧，把你的想法告诉他，建议他上课的时候，尽量放慢些语速，你们会听得更清楚更仔细；建议他不要责骂你们，多鼓励，你们肯定会更努力；建议他多留点时间给你们反刍，你们对知识的掌握会更牢固；建议他减少点作业量，你们会举一反三，提高学习效率……教学相长，这才是学习最好的状态。

圈圈，一个好学上进的学生，老师没理由不喜欢。希望你学会遇事冷静，忌冲动，忌偏激，更不要动不动就心生怨恨。怨恨，是一件伤人又伤己的事，对有限的生命，绝对是种践踏。

祝你学习进步。

梅子老师

留得青山在

丁阿姨：

您好！

我是世东。

今年的高考结束了，而我因为身患重病，错过了高考，而且是永远地错过了。所以我有些悲伤，心里塞塞的。

我不知道是不是错过高考，就等同于失去了飞翔的能力呢？

世东

世东你好。

痛。替你。

现在，你的病情好转些了没有？但愿。

知道吗世东，在疾病面前，世间一切的所谓大事，都是小事，都可以忽略不计。包括高考。

错过的已经错过了，悲伤又能如何？要紧的是，眼下的路和今后的路。眼下，你要把身体养好，把精神养足。留得青山在，不怕没柴烧，只要你的人还在，今后就有无数种可能。

不知道你的"永远地错过了"是指什么。若是你愿意，明年一样可以重新参加高考的啊。后年，后后年，也可以。新闻里曾报道过爸爸和儿子一起参加高考的事。你看，人家都做了近二十年的爸爸了，不也还是捡起从前的热情，走在追梦的路上？

现在的社会，给我们提供的飞翔机会太多太多了，什么时候都可以重新开始。曾看过一个老太太的故事，老太太八十开外了，一天，她忽然心血来潮要学画画，买了纸墨笔砚，报了个老年绘画班，就热火朝天地学开了。大家都笑话她，这么大年纪了，养养老算了，还折腾个啥，能折腾出个什么来？然人家硬是埋着头，画呀画呀，活出了少年的样子。到她八十五岁时，成功地举办了个人画展。

想想吧世东，人家都八十五了，还能飞翔，你还有什么理由暗自神伤？高考不是人生唯一的一条路，高考之外，还有上千条上万条的路，无论你踏上哪一条，只要你用心去走，都会走出属于你的风景来的。

祝你早日康复。

对了，现在，外面的夏天已很夏天了，荷花都开好了，去看看荷花吧。

梅子老师

正视自己的短板

丁老师:

您好!

在微信的公众号里阅读了您的文章,又笑,又哭,很感谢您的文字治愈了我。

最近有件烦心事,有些想不开,虽然一直觉得人生难免有挫折,撑撑就过去了,但还是有点儿烦心。

我想问您的是,如果一直在一些学科中找不到方法怎么办呀。看着一些我学不好的学科,我的同伴却学得最好。有时,我竟会生出不好的情绪。我懂,这会伤害友谊。可我,却控制不住。这样会让我郁闷和烦躁,为什么我学不好呢,我也尽力了。

父母也只看成效。他们告诉我付出就要有结果。我却认为,追逐梦想,重要的是过程,就像您说的一样。

谢谢您看到这封信。愿尽早收到您的回信。我会继续热爱文字和音乐的,谢谢您。

您的读者

宝贝你好，你让我想起我的中学时代了。

那时，我最痛恨的科目是物理。我始终弄不懂电流是怎么回事，我一看到那些计算公式，脑子就要炸开，每次物理考试，都可能成为我的噩梦。但我的好朋友却学得兴趣盎然，她一直做着物理科代表。去参加地区的物理竞赛，高手林立，她也能捧回大奖。

我嫉妒她吗？没有。只是有些羡慕而已。她也有羡慕我的，我语文好呀，好得她怎么追赶也追赶不上。后来，我读了文科，她读了理科，我们发挥着各自的专长，在各自的领域里，抽枝长叶，开花结果。

宝贝，尺有所短，寸有所长，我们每个人都有自己的短板。也许，某些学科它就是不对你的胃口，你怎么努力也没用。你要正视它，尽自己的心，尽自己的力，能做到哪步，就做到哪步。如果你已尽心尽力了，你还郁闷什么烦躁什么呢？

不要嫉恨别人的好。世界这么大，大山有大山的好，平原有平原的好，每一个存在，都有自己的位置，做好自己就是最好。

有付出必然有结果——这句话没错。只是要看我们如何看待那个结果。有人只看到了表面成效，而有人却看到了那一个一个结结实实的脚印，成为生命中最饱满的印迹。在追逐梦想的过程中，倘若你一步一步坚持下来了，就是最大的成功。

梅子老师

草莓的活法

敬爱的丁老师：

您好！

我有些烦恼想和您倾诉，但思绪太多，难免语序混乱，还望您包容。

首先，也是我认为最重要的一点，我是个很认真负责的人。这本是件好事，但在我们班级里，有很多人不屑于班级公务，这与我的三观极其相冲。这时候我总是想发脾气，但转念一想，有必要为了这点小事就毁了人缘吗？今后到了社会上，不是还有很多这样的人吗？难道你能一一指责？

我是个向往范仲淹思想的人，所以总是哀怨这个社会有些不太上进的思想。我犹豫我该成为怎样一个人。有些事情，按这个时代的说法，怎么说都对。世上道理太多，总会有矛盾。

其次，我迫切希望自己能变得更好，思想觉悟更高。但事实上，我都是在一些与人相处的事里犯浑。我害怕一辈子也绕不出去。我朋友跟我讲，人的性格总归会有缺点，你要接受。但我想变得更好，这有错吗？我希望我能宠辱不惊，不需要他人，做很有气势的人。我很有好胜心，我希望别人服我，我能光彩照人。然而事实上，我是个开朗的，有点儿疯疯癫癫，属于邻家女孩系的，很在乎别人看法的人。我不知道能不能改变自己的性格。

最后，我迷茫于爱情。我并没有喜欢上某个人。只是很多社会新闻让我觉得性行为是在侵犯女性。我有时候有个想法，这辈子都不会喜欢上谁，最多做知己，结婚也是直接做亲人。我觉得中国缺乏对这方面的教育。

请原谅我话多。希望您能给我建议，是不要想太多，在经历里总结，思考，还是多读书呢？

此致

敬礼

学生：叶子

叶子你好，读到你的信时，我刚好看到一个小故事，想复述给你听。

故事说的是，有这么一个国王，他拥有一片花园，他的花园里长了很多的树、很多的灌木和花，大家都按着自己的次序长着，花园里一片生机勃勃。国王很高兴，常去他的花园散步，摸摸这棵树上的叶子，嗅嗅那朵灌木上的花朵，日子美好得不得了。

一天，国王又去他的花园散步，却被眼前的景象惊呆了：花园里一片凌乱，植物们失去了往日生机，全都倒伏在地上，气息奄奄。国王非常不解，忙向植物们询问原因。结果，植物们各抱着一肚子的怨气撒向他。

橡树说："我无法长得像松树一样高，不想活了。"

松树说："我不能像葡萄一样结出果实，还活个什么劲儿！"

葡萄说："我不能像玫瑰一样开花！"

玫瑰哭了："我怎么也没办法长得像树一般高！"

国王听得哭笑不得。他的眼光忽然瞥到一株草莓，它夹杂在灌木丛中，正努力开着它的花儿，白色的花朵，如雪似的。青翠的叶子，油亮饱满着。国王意外极了，问那株草莓："大家都死气沉沉的，为什么你却活得这么兴高采烈的？"

草莓看了国王一眼，笑笑说："哦，我也不知道为什么。我只知道，我是株草莓，就要活得像株草莓。"

其他的植物们听见了，醍醐灌顶。不久，国王的花园，又恢复了往日生机，橡树按着橡树的样子长着，松树做着它的松树，葡萄欢欢喜喜地爬着它的藤，玫瑰在风中摇晃着它的花朵。草莓呢，则结出了又红又大的草莓，路过的风都忍不住要趴到它身上，不肯走了。

叶子，这世上的存在，原各有各的个性，各有各的道理。奋发上进是一种活法，光华璀璨是一种活法，安贫乐道是一种活法，守住本分也是一种活法。就像草莓要开它的白花儿，要结它的红果实，这是草莓的活法。海之所以阔大，是因为包容，鲨鱼鳄鱼可以在里面出没，小鱼小虾也可以在里面游弋。

你有好胜之心，你想光彩照人，这都是你自己的事，你自己修身就好了。但亲爱的，请你记住，光芒是从一个人的身体内部散发出来的，而不是从别人嘴里说出来的，也不是从别人眼里射出来的。要让别人服你，你要有这样的资本和能力，而不是靠强势。一个人拥有的资本和能力，靠自身修炼而来的才算数。人的一生，倘若能做好自己，能够真诚待自己，能够真心实意地喜欢自己，也就不枉活过一场了。

至于爱情，等你遇到了再说吧。人类之所以能够千秋万代，能够生生不息，就是得益于爱情——这枝明艳的甜蜜的永不衰败的花朵。

读书是件终身受益的事。多多读书吧亲爱的。

祝你愉快！

梅子老师

成为自己的小太阳

梅子老师：

您好！

我是一名学生。我想和您说说我的故事。我出生时被亲生父母丢弃，那时天在下雪。因为我有唇腭裂。后来被人发现几经周折送给我现在的父母。他们对我很好，虽然他们身体不好。

在我上初二的时候，我爸得肺癌去世了。学校给我爸组织过捐款，但我宁愿不要。因为当时学校没有告诉学生是给谁捐的。不知道他们怎么知道了。然后就有很多人都看不起我，经常针对我。我也觉得抬不起头。渐渐地，我的心思不在学习上了。觉得我爸老跟着我。我喜欢一个人走路，晚上总想哭想自杀，喜欢一边自残一边笑，我觉得这样我心里的压力会减轻一点。

初三我从实验班到了普通班，我想我要好好学习，不再想以前的那些事。第一次月考我考了班级第一名，我很开心。可同学还是针对我，说我是兔唇。我被她们搞得上课都没有心情。您知道吗？梅子老师，有一次，我们班有人说我，我和她吵了一架。我把自己杯子摔了，跑了出去。后来老师知道了，找到了我。我说出原因。老师教育了我们。晚上我们回宿舍的时候，老师走了。有一个女同学对我说，是不是你告诉老师你和张某某吵架的！我说我没有啊，我也不知道啊！她们就有人说，不是你是谁啊！不要骗人了。你也不照照镜子看看你自己什么样子。反正我也不想念了！大不了我们打一架。

我说不过她们，把头蒙在被子里哭。我想自杀。我很痛苦。那天我上晚自习，老师正在复习诗词。我跑了出去，拉开四楼的窗户想跳楼，我觉得自己这样就能解脱了！死没什么可怕的！我的老师拉了一下我，把我拉回班级说了一句，老师对你不好吗？班里同学有人对我说，要死早点死嘛。这就是同学吗，梅子老师？

梅子老师，我有一个愿望就是想做您的学生。您的每一本书我都看过都很熟悉。我明年中考的时候想考您所在的学校。您能告诉我您在什么学校任教吗？谢谢梅子老师。我真的很喜欢您，虽然我们没见过面，但我却感觉您很亲切。

巧儿

亲爱的巧儿，你受苦了！

曾看到过这样一句话：每个人都是上帝跟前的苹果，上帝偏爱谁，就会咬谁一口，留下一个深刻的印迹。我想宝贝你，也许，也是上帝偏爱的一个孩子吧。

"唇腭裂"是上帝给你的礼物，那么，好，咱接受它。外表欠缺，咱拿智慧来修，拿灵魂来补。你现在努力读书，就是修补自身的好办法。当你的书越读越多，你就会走得越来越高，越来越远，你的天地也会越来越广阔。知识铸成的盔甲，最终会让你变得强大，无所畏惧。

生命给你设置了一重一重的磨难，可再多的磨难，也不会超过最初你在雪地里的那种孤立无援了。你的同学打击你，看不起你，那又如何？人世间的温暖和美好，到底还是多于寒冷和丑陋的。想想最初抱起你的那双温暖的手，最先接纳你的那个宽厚的怀抱。想想这些年，你行走的路上遇到的那些善良，还有待你极好的老师……他们，足以让你可以无惧这世间的寒冷和阴暗，让你留恋和珍惜。

曾经，那场冰冷的雪，也没能湮没幼小的你。现在，你又岂能不珍惜你的生命？宝贝，不管多么委屈多么伤心，也请不要自残好吗？咱的身体金贵着呢，咱能活到今天不容易呢，咱要好好保管好它。

不要去跟看不起你的人辩解，不要去跟针对你的人怄气，这犯不着啊。他们瞧不起就尽管让他们瞧不起好了，咱是兔唇就是兔唇又怎么样？本姑娘从来不瞒不藏。当你坦然坦荡了，当你能直视命运的坎坷，并努力让它活出精彩来，那些针对你的无聊行为，也会变得软弱无力了吧。嗯，阳光一出来，阴霾就被驱散了，咱要成为自己的小太阳。

如果你还不能释怀，宝贝，我推荐你去看一本书，是美国作家莎朗·德蕾珀写的《听见颜色的女孩》。里面的主人公美乐迪比你不幸多了，她是个严重的脑瘫儿童，不能说话，不能行走，不能自己吃饭穿衣。一句话，最基本的生活能力，她都不具备。可她拥有聪慧的头脑，灵敏的耳朵，她能用耳朵听见这个世界颜色的回声。面对刻薄她的同学，她很潇洒地设计了一句台词：也许我们都是有残疾的，而你的残疾在哪里？

宝贝，不要让自己陷入情绪的泥淖里，把时间交给读书吧，交给一些细小的欢喜吧。比如说，现在外面下雪了，你会欢喜的吧？

梅子老师

不完满才是人生

梅子老师：

您好！

此刻，您睡了吧？一定的。都凌晨两点了，您怎么会不睡呢！

我好喜欢您的文字，感觉您的文字透着一缕缕花香。又似月光来照，洁白，明净，温柔……在这个失眠的夜里，我躺在床上，一遍遍回忆您的文字带给我心灵的震撼，很想对您说说话。

是从大学毕业后吧，我总是无端失眠（我妈说我是千金小姐命，得了富贵病）。曾经许多的期盼，似乎都成了空想。午夜辗转反侧，想着自己，想着别人，太多的虚空，太多的失望，对自己的，对别人的。想我的人生，好像处处艰难，一生不知该如何度过，越想越难受。我数了小羊，数了星星，还是无法入眠。

真想大梦一场，长睡不醒啊。

梅子老师可有办法治愈我的失眠？

一百只小羊在叫

好姑娘，你好。

一百只小羊你放出来了没有？如果你真能养上一百只小羊，那才叫美好呢，你大概不至于老是失眠了。因为你每天要忙着给小羊们找草吃呀，一时一刻也不得偷闲，晚上一挨上枕头，还不倒头便睡？

忙碌是治愈失眠最好的办法。

近期看一个采访视频，疫情下的志愿者们，穿着厚厚的防护服，奔波在一幢又一幢居民楼之中，给这家送菜，给那家送粮。接送这个去核酸检测，接送那个回家，没日没夜。有记者前去采访，问他们，当疫情结束了，你们最想做的事是什么？几个志愿者异口同声说，大睡一觉。亲爱的，你看，忙碌让睡眠成了奢侈。

人闲易生病，无所事事易空虚。好姑娘，不要给自己太多闲暇去胡思乱想，工作之余，给自己找点事做做。长期目标太远了，咱一时半会儿实现不了，那就制订些短期目标好了，比如，去做一个星期的志愿者；比如，去见一个想见的人；比如，看一本喜欢的书，写下几行读书心得；比如，化一个好看的妆，学跳一支舞……

物无全胜，事无全美，人无全盛，不完满才是人生。我们活着一场，就是来修缮它的，用梦想，用期待，用追寻，用光亮……

每日的时光，都有着丰富的表情。如果你留意，你将会看到，清晨的露珠美极了，它们吊在一枚叶子的"耳朵"上，如明月珰，晃晃悠悠。它们上了蜘蛛的"床"，如一堆小钻石，闪闪发光。你也将会看到，傍晚的彩霞绚烂极了，它们给河水染了色，给树木染了色，给房屋染了色，给路上的行人染了色，天地交融，华丽庄严。如果你能爱上这些时光，你的心底，就会少些遗憾。

我每天都浸泡在这些丰富的时光里，快乐地忙忙碌碌。对了，今天我还专门买了个放大镜，随身携带着，遇见什么照什么。寻常的一花一草，在我的放大镜下，显露出它们隐藏的秘密——每条纹路，都是一道蜿蜒的山路，可有趣了。

好姑娘，多去大自然里走走吧。草木多清明，我常常要为一个声音、一点颜色而雀跃。希望你也是。心里住着欢喜，你的失眠，将不治而愈。

梅子老师

第四辑

先谋生，再谋喜欢

想要在这个世上立足，必须先谋生，再谋喜欢。谋生是个前提，提供必备的物质条件，把我们这尊肉身安置下来，我们的精神世界才有附丽。

野葱花儿开

梅子老师：

您好！

我是一名中学生，刚刚出国读书不久。在国内，我算是成绩比较好的学生。到了国外，上课要用英语，可是我的英文水平不行，和国内大部分普通中学生的英文水平一样，只能简单地表达，无法深入理解过难的英文。这造成了我上课无法听懂老师所讲的内容。

这里有一些学生懂中文，我只能每次问他们作业和上课的内容。我深深觉得自己很没用。帮不上老师的忙，也没有办法和外国学生相处。我现在真的很迷茫。在国内，我算是一名学生干部，能帮助同学，协助老师，可是我现在却像一个废物一样，什么也做不了。

我该怎么办？

您的读者

宝贝，你好。

几年前，我去新疆，在草原上看到一种野葱花儿，花簇生成紫色的圆球球，好看得如同绣球花一样。我挖了几棵，千里迢迢带回，想让它们在我的花坛里开花。结果，好几年了，它们只长个头，抽出瘦条条的一枝枝，愣是没开过花。

就在我对它们有些不耐烦了，准备动手拔去它们的时候，奇迹却出现了，在一个盛夏的清晨，它们之中，秀出了一枝花苞苞。不久，花开了，虽没有我在草原上看到的那么饱满，却也是一丝不苟色彩鲜妍的。然后是两朵三朵，四朵五朵，跟着冒出来，紧接着盛开了，开出了一片草原风光。

你的境况，让我想到我花坛里的野葱花儿。它们很清楚自己的处境，若要蓬勃如昔明媚如初，只有两条路可走，一是重返它们的故土去，这条路显然行不通；二是努力适应新环境，直至完全与新环境融合到一起。它们选择了走这条路，默默积蓄力量，与新环境握手言欢。

宝贝，倘若你已回不了头，那就一门心思往前走吧。英语不好，就补呗。你所处的环境，是非常适合练习口语的，到超市买东西，到饭店点餐，到景点问路，都是你练习的好机会。你也要多跟你的外国同学接触，抓住一切能够交流的机会进行交流，不要怕出错，一遍听不懂，来两遍。两遍听不懂，来三遍。多看一些纯英文的书籍和电影。你年纪小，适应力是非常强的，用不了多久，你就能在那个环境里如鱼得水了。

我朋友家的小孩，也是如你这般大时去的国外。他可怜的英语曾让他寸步难行，问个路也是磕磕巴巴的。那会儿，他天天打电话给我朋友，声音里都带着哭腔，说他耳朵里整天塞的是听不懂的外国话，还说吃不饱，整天饿着肚子。我朋友很后悔，要接孩子回来。孩子这个时候却犹豫了，说，再等我三个月，如果三个月后我还不能适应，我就回去。三个月后，那孩子没回来。一年后，那孩子也没回来。那孩子后来在英国读完高中，考进剑桥大学去了。

他有一次回国，我遇到，曾问过他，怎么过语言关的？他轻描淡写地一笑，说，学呗，练呗。

宝贝，目前最适用于你的办法，不是哀叹和迷惘，而是学呗，练呗。

希望你能成为一朵盛开的野葱花儿。

祝你好运！

梅子老师

先谋生，再谋喜欢

梅子老师：

您好！

我有些话想对您说说。一直都想写这样一封信，但是不知道从何说起，而且我觉得有些不好意思，我可能是给您写信的最大的读者了吧，早就过了青春期多愁善感的年纪，但还是有很多的问题。

我已经大学毕业两年了，至今还待业在家准备事业单位考试。去年进入了公务员面试，但由于笔试成绩有些低，勉强进了面试还是被刷下来了。面试之后，我就急着想要找工作，几经周折，终于找到一份公益岗的工作，但由于一些原因，我做了一个月就辞职了，可是交上了保险，就失去了择业期内应届生的身份。今年的公务员考试也因为没能报上应届的岗位与这份工作失之交臂。令我感到难过的不是没考上，而是只上了一个月的班，就没有报上应届的岗，否则的话应届的岗位我都是第一名，领先将近4分。刚开始的时候我没有办法接受，埋怨自己，也埋怨帮我找工作、让我上班的所有人。

一段时间后，我也慢慢想开了，不那么难受了。可这个时候我妈又因为这件事得了轻度抑郁症，最近一直吃药，才有所缓解。现在我的心情又反反复复的，有时候很乐观，觉得一切都会过去，天无绝人之路，我并不是失去了一切。但有的时候又很悲观，一直忍不住去想这些事，感觉我的人生都因此改变了。

我是学幼师专业的，但是一直不喜欢当幼师。现在的我对于公务员这个职业好像有了一种执念，觉得是我失去的东西，就想要一切回到原点，以后的单位要比失去的更好，心里才会平衡，所以对于幼师这个工作就更加排斥了。老师，我想要问您一个问题：人真的要为了生活去妥协吗？家里人总是劝我说有个工作就不容易了，哪轮到你来挑三拣四的！可是我还是不喜欢。上次有幼儿园的招聘我也没报名，相比之下，事业单位和公务员更难考，我的心中也因此一直纠结。我知道每份工作都有它的艰辛之处，也许当上幼师以后我会慢慢喜欢上这份工作。但是此刻的我真的不愿意，总是不想违背自己的心意。

以前念书的时候我是个很恋家的孩子。但自从这次的工作没考上之后，我就不想在家里了，家里的气氛也不像以前那样了，每天讨论的都是我工作的话题。我妈又有病了，虽然现在有所缓解，但是一直要靠药物维持，要是我一直都考不上，她可能又要严重了。我爸的脾气一直不好，他在家的时候，我一点儿安全感都没有。而且我现在变得比较敏感，他每次说"你毕业这么长时间还花家里的钱，有什么资格说这说那的"这种话的时候，我就会感觉很受伤。每次从外面回到家都会感到很压抑。这种情况下，我是不是考到外地去，大家才会好一点儿呢？

梅子老师，期待您的回信。

您的读者：一朵玫瑰

亲爱的，读完你长长的信，我叹了一声，年轻的忧愁啊。

此时，河南正暴雨，多处受灾，无数人被困水中；南京禄口机场在对机场人员例行检测中，一下子检测出九例新冠呈阳性……这世上，每一时每一刻，总在发生着比你的烦恼更大的烦恼。你以为天大的事情，其实，只是芥粒而已。

大学毕业后，你一直在为寻找一份职业而努力着，这是值得肯定的。有担当，肯作为，这是年轻人最好的品德。然你过于执着于某一份职业，就有些不明智了呢。当你与公务员的岗位擦肩而过，你心有不甘，对它生了执念，觉得那是你失去的东西，你一定要找到比它更好的职业，你的心里才能获得平衡，于是乎你陷入魔障了。我笑了，姑娘，你从未拥有过，何谈失去？再说，你真的很喜欢公务员这份职业吗？你对它了解多少？我想，你从众的成分应该多了些，因为大众都说公务员好，这份职业的光鲜和稳定，让人觉得倍有面子和保障。那有一份虚荣在里面。姑娘，你也虚荣着，你承不承认？

你学的是幼师专业，但你不喜欢它。嗯，这有点儿莫名其妙了，你既然不喜欢它，为什么当初要学它？好吧，这已是过去式了，我们暂且不论它，就当那时你过于年轻幼稚，不懂，随便瞎选了个专业学了。那现在，你应该能明确内心的喜欢了吧。你到底喜欢什么，擅长什么，能做什么？你能脱口说出么？不要告诉我，啊，我就是喜欢公务员或去事业单位。好多年轻人都会这么说的，你也明白，那根本不是基于喜欢。

亲爱的，有时，我们真的没有资格说喜欢不喜欢，职业只是个谋生的手段而已。如果一份职业能契合自己的喜欢，那再好也没有了。如果不能，也没关系，它在维持我们生存的同时，可以维持我们去做自己喜欢做的事。一个人待开发的潜能多着呢，在工作之余，我们完全可以放手去做，活出自己喜欢的样子。

你父母的焦虑亦很正常，大多数父母都会这么焦虑着，希望已长大成人的子女，能速速有份安身的职业。不要埋怨他们过于庸俗，想要在这个世上立足，必须先谋生，再谋喜欢。谋生是个前提，提供必备的物质条件，把我们这尊肉身安置下来，我们的精神世界才有附丽。你何不先谋生，再谋喜欢？不要吊死在一棵树上，选择职业的空间可以扩大一些，再扩大一些。以你的聪明和努力，在哪个岗位上不能发光呢？这不是与生活妥协，而是与自己和解。当你拥有了生活的资本，供你选择的机会多的是，你要改变生活，随时都可以。到时，如果你还很喜欢公务员，你大可以再报考的。我以前有同事都四十大几了，还通过社会招考，跳槽去了别的单位呢。

你还年轻得很，拥有着无数的可能。祝你幸福！

梅子老师

门槛的选择

梅子老师：

　　您好！

　　我去年复读了，但是今年高考依然没考好。准备再复读，可是我又担心年龄和身边人的言论，怎么办？

　　家里人劝我去读三本算了。但我就是觉得，上个三本，那比别人的门槛就低很多了，而且周围的环境和遇到的人也不一样。我想让自己上好点儿的大学，遇到和自己有相同情趣和想法的人，在一个好的氛围里成长。

　　不知道对于再次复读您的建议是什么。期待您的回复，谢谢您。

装在袜子里的豆豆

　　豆豆，我很佩服你的勇气呢。要知道，选择复读，那是需要极大的勇气的。高考这条路，大凡走过来的人，都对它心存畏惧，除非万不得已，少有人愿意再回过头去重走。我至今还时常梦见，自己坐在高考考场里，卷子上大部分地方都还空白着，可是，考试结束的铃声却响了，我那个急啊，急出一身的汗。醒了后，愣愣半晌，方才知是梦，按按"咚咚"乱跳的心口，觉得好庆幸。

你选择再次复读，是选择了一条艰辛的路。别人的闲言碎语根本不足惧，因为那是你的路，你走你的，与他人何干？只是，你真的想好了吗？一年的时间，你又将投身到题海战中，做无数你做过的习题，背无数你背过的书。而这个时候，你当年的高中同学，已奔走在上大二的路上，学着自己喜欢的专业，在更大的舞台上施展拳脚。

我不是说你的选择有什么不对，只是要权衡利弊吧，把有限的黄金时间，用来做更有意义的事。因为复读的结果，只有两个，一是达到了预期目的，一是再次失利。如果能达到预期目的，自然相当完满了。如果达不到呢？你得花多长时间，才能从失意中走出来？在你失意的时候，你曾经的同学，应该读大三了。

豆豆，在选择复读前，我希望你对自己来个客观评价。你真正的实力如何？它有上升的空间吗？一年的复读，它能上升多少？你心里应该有个数。如果你平时的实力相当不错，只是高考的时候考砸了，你心有不服，一定要挽回损失，那我鼓励你复读。因为，现实确如你顾虑的那样，不同的大学，所遇到的人和环境很不一样。但倘使你并不自信，对自己的实力完全糊涂着，那我要劝你，还是冷静一下吧，不要拿青春赌明天。

你不愿意上三本，很大程度上，是因为"上个三本，那比别人的门槛就低很多了"。你在意的，还是别人的眼光。事实上，一所好的三本大学，并不比一些二本一本差多少，可你并不关心它的内里，你关心的只是它的表象，是你的面子，是一时的荣耀和光芒。对此，我表示遗憾，不能赞许你。亲爱的宝贝，"面子"不能给你带来真正的成长，尽快学到真本事，拥有真才实学，那才算数的。三本的"门槛"或许是低了些，可跨进去之后，怎么在那个空间里舞蹈，完全是你的事啊。你如果肯把冲刺高考的劲头拿出来，那你的舞姿，将会相当美好。告诉你一个小秘密，我当年读的也只是个师范专科，相当于你现在所说的三本吧。但我很感谢那所师范院校，在那里，我读掉几百本文学书籍，做了大量的读书笔记，写了大量的诗文，它助我最终走上了写作之路。

亲爱的豆豆，高考是道门槛，高高低低，一溜儿排开，这个跨不过去，我们再试试那个，终能找到适合自己跨的那个门槛。就像走路，有的时候，遇到阻碍，明明走不了，你却执拗着不肯信那个邪，硬要往前闯。精神是很可嘉了，可结果会是什么呢？此路不通啊。你这不是白费力气么？为此消耗掉许多好光阴，真是得不偿失呢。倒不如，拐个弯儿，另辟新路，走出另一番光明来。

考上名校的孩子，未必个个都能成为精英。我身边就不乏这样的事例，我有个朋友的孩子，考上北京一所名校，轰动四方。谁知他入学后，只一味沉浸在网络游戏中，再不碰书本，连课也懒得去上了。最后，被学校劝退回家。还有一个朋友的孩子，考上的是三本，这孩子在学校刻苦勤奋，年年拿奖学金，毕业后，直接去读了研，后来又读了博。豆豆，学习是个终身行为，只要你肯付出努力，坚持不懈，你终会取得一些成就，到那时，谁还会去追问你是从哪道门槛上越过来的？得了诺贝尔文学奖的莫言先生，不过才小学毕业呢。

豆豆，不管你选择走哪条路，通向的，都是明天。明天的你，一定比今天更好，只要你下定决心，好好去走。

祝你快乐！

梅子老师

一路前行，总好过坐以待毙

梅子老师：

　　您好！

　　我是您的一个读者，特别喜欢您写的文字，就是那种无法用语言形容的美。就像是用世界上所有美好的东西煮出来的文字，让人不禁想咬一口。

　　我是一名高一的学生，因为小时候生过病，休了学。到现在为止，我上学的所有时间加起来也只有三年多。小学读过一年，初中两年，跳过级。这也导致我现在成绩很不理想，我也很努力很努力地学习，可是还是在班里排倒数第一。这次期中考试又退步了一些……我真的不知道怎么办才好。但是我特别欣慰的一点，就是这次作文分数是班里第一名，上次月考作文分数是倒数第一，就因为短短的一个月内我读了一些您的文章。

　　作为一个山东学生，所有的时间被老师安排得满满的，只有课间才能读一点儿课外书。虽然读的不多，但是我真的用了心去读您的文章。谢谢您，让我的作文有了这么大的提升。可是，我现在在学校根本听不进去课，心里特别乱，一直持续着一种很不好的心情，我自己很清楚，如果这样下去我只会越来越差。梅子老师，我该怎么办？

雪儿

亲爱的雪儿，好是心疼你，你怎么就这么懂事这么要强呢！

因身体缘故，你长期休学，中间脱节的那部分，全靠你自己一一填补，这实在太了不起了！好姑娘，你知道自己已经很棒很棒了么？虽说你现在在班上排名倒数第一，但你委实不比排列在前的那些孩子差。

你说你现在听不进去课。我想，一定是那些课太无趣了吧。咱就努力让它变得有趣起来好吗？嗯，努力张开你的耳朵，能听进去多少，就听进去多少。听不明白的，咱就想象，它是鸟语好了。我们能听明白多少鸟语呢？

当然，这是说笑了。不过，你大可以这么想象一下：每一堂课，都有着属于它的鸟语花香。实在听不懂，咱就享受一下也不错啊，也许听着听着，就入了耳入了心呢。

亲爱的雪儿，因为你迟走了几步，跟不上别人的节奏，这不是你的错。不要埋怨自己，不要用"差"字来定义自己。你脚下又没装着风火轮，你肋下又没生出双翼，你也只是个平常人，靠双腿一步一步来走路。那咱就按着自己的节奏来走路吧，一步，一步，尽自己的力，读书，听课，考试。过度地忧虑，改变不了什么，那还不如让自己心神安定，坚定地走自己的路。无论如何，一路前行，总好过坐以待毙。

你的作文写得好，我真为你高兴。好姑娘，那就继续把书读下去吧，把文字写下去吧，说不定写着写着，你就开辟出一块属于自己的新天地。

梅子老师

一张一弛乃是文武之道

梅子老师：

　　您好！

　　我今天十五岁了，来自一个普通的小县城。刚刚升入高中，因为奥赛班分数线下降了，我很庆幸自己能够进入奥赛班。但是进入了这个班之后，因我的中考成绩是靠后的，各方面的能力，包括学习能力、学习习惯、学习效率真是赶不上其他同学。我时时有面临被淘汰的危机感。十一这个假期我几乎每天都在学习，每天都是学十多个小时。但是梅子老师我的学习效率不高呀！这个问题在初中的时候就有了，上了高中我决心要改正，但是还没有改掉。

　　每个人都有清华北大梦，为了这个梦，要为之努力奋斗。但我发现，我每天都很忧伤，心态不怎么好，每天都觉得自己有很大的压力。老师告诉我不要把成绩看得太重，但是我的心里真的放不下。马上就要月考了，我对自己的成绩感到特别迷茫，有的时候看到别人上课在画画在睡觉，老师叫他们回答问题，他们还能答得上来，成绩还比我高。说心里不难受，这真是假话。

　　　　　　　　　　　　　　　　　　一个努力奋斗的小男孩韬涛

韬涛你好，祝你迈入十五岁的门槛。

我也生活在一个小县城呢。

我走过很多地方，其中不乏光彩迷人繁华旖旎的，但到最后，我还是觉得我的小县城才是最好的。我熟悉它的每一丝呼吸，熟悉道旁的那些树那些花，熟悉这里的天空，熟悉我的左邻右舍。这是一种没办法说得清的眷恋，因为熟悉到骨子里，所以亲切。我多么希望你也是这样的，热爱你的小县城。我以为，人生是因为热爱，才有了追求生活的勇气和力量。

你很自律。你对你的人生有着明确的目标，且为了实现这个目标，付出相应的行动，这是多少孩子不能做到的事。想来做你的爸爸妈妈该有多省心，他们不用苦口婆心整日对着你念念叨叨。

你却活得不轻松。你又怎么会轻松呢？每天都顶着那么大的压力，每天都在负重而行。哎，我都替你累得慌。

你不快乐，甚至是忧伤的。这种情绪如果持续下去，你将陷入忧伤的深潭中，学习的效率又怎会得到提高？好孩子，适当放松一下吧，一张一弛乃是文武之道，用在学习上，亦如是。

我欣赏为了梦想而拼命奋斗的人，但我不主张打时间战，以为时间花得越多，离梦想就越靠近。以为力气用得越大，收获也就越多。事实上，不是这样的。我们要善用时间、巧用时间才对，让每一分钟都能落地生根。就像你说的，有的同学上课似乎不怎么听讲，他在画画，他在睡觉，居然能回答出老师的问题，成绩还比你好。你哪里知道，那孩子在画画时，耳朵其实正听着老师的课呢；在睡觉时，思维也正在想着老师的问题呢。他只不过找到了一种放松的姿态，让自己更有效地学习而已。又或许，他在无人的时候，挑灯夜战到深夜，对于老师课堂上讲的，他都懂了，也就没必要那么全神贯注地听着了，而是用画画或假寐调剂一下。

好孩子，你现在要做的不是焦虑，不是患得患失，而是放松。不要搞时间战和题海战，重复地机械地做着同样的习题，那做十道题目与做一道题目有什么区别呢？还不如省下时间来，寻些别的乐趣，比如画画，比如唱歌，让紧张的大脑得到缓冲。当你再次投入到学习中时，你的精力才会高度集中。

我想起我高中时一个叫强的同学来，他做作业时，爱摇头晃脑，一边唱歌一边写作业。他还特别喜欢打球，一下课就抱着个球蹦，成绩却好到令我们多数同学只能仰望。问过他，你怎么做到学习玩耍两不误的呢？他答，不会玩儿的人，是不会学习的。

"不会玩儿的人，是不会学习的"，这话真是有道理。会玩儿的人，精力才会得到滋养，才能够以愉悦的心情去学习，从而取得事半功倍的效果。

至于你最后能不能考上梦想中的清华北大，那都无关紧要了。考上固然好，若考不上也没关系，社会上那么多优秀人才，并非全是清华北大毕业的。你毕业于哪里不重要，只要你一直走在路上，便好。

梅子老师

后天的修炼

梅子老师：

　　您好！

　　刚刚上大学的我，进不了学生会，各种面试也过不了，报名老师的小助手，也没有被选上，我觉得好难过。

　　大学好难，她们都好优秀，优秀的人会更优秀。我也想变得优秀，但是现实就是不行，我觉得自己长得也不好看，有点儿绝望。我该怎么办？

雪愿

　　亲爱的姑娘，我好想问问你，你都心生绝望了，那些没考上大学的，或没有念过大学的人，岂不要绝望死？

　　进不了学生会，做不了老师的小助手，这是多大的事儿呢？一个大学，总有上千人的吧，能进去的，寥寥无几。是不是别的同学都要因此生了羞愧，难以见人？

答案是，当然不会。

你的同学，在你郁闷的时候，他们也许正在图书馆里看书，也许正在实验室里做实验，也许正走在去做家教的路上。他们张着理想的帆，欢欣地朝着他们的目标奋进。唯有你，独个儿在那里怨天尤人，浪费着大把的好时光。其结果，必然是"优秀的人会更优秀"，而你，只能是那个平庸的。

你埋怨自己的长相，觉得自己长得也不好看。唔，我心疼了一下，假如我是你，我该替自己多难受啊。一个连自己都不喜欢自己的人，又岂能让他人喜欢上？

姑娘，现实的不行，绝对不是因你的长相。上帝赐你一副皮囊，你该做的，不是挑挑拣拣（你也没有办法挑拣），而是积极地填充内容进去，让它由内到外，散发出智慧的光芒。人的长相由天定，但更多的，靠的是后天的修炼。古今中外，那些有成就的人，有多少是靠颜值闯天下的？然他们的形象，却愣是叫人热爱膜拜得很。

姑娘，你已到了明确自己要什么和做什么的年纪了。你想过你上大学可以学到些什么吗？你有清晰的目标要去实现吗？你想过毕业之后将从事或能从事什么样的职业吗？时间经不起惆怅和沮丧，稍稍晃一晃，你的大学也就过完了。你能从大学里获得什么样的经验和技能，好让你在将来的路上，走得有底气些，这对当下的你来说，才是最重要的事。

雪愿，你已不是耍小性子的小姑娘了，不能一点儿小事得不到满足就难过，就绝望。"绝望"不是能轻易说出口的，没到山穷水尽，没到走投无路，这两个字，咱千万不要说。即便山穷了水尽了，还有柳暗花明呢。所以雪愿，请你一定要记住，人生可以失望，但不可以绝望。

大学的路是宽广的，是通向四面八方的，你可以有多重的选择，找到适合自己做的事，并尽力把它做好。没有谁能阻止你变得优秀，能够阻止你的，只有你自己。

梅子老师

肉体是每个人的神殿

亲爱的梅子老师：

　　您好！

　　感谢您能在百忙之中抽出时间来看我这封信。我是一名大二的学生，就读于某 211 院校。我从小就是一个非常好强的人，什么事情都努力做到最好。小学、初中、高中，我都是学校的佼佼者。但当我走进大学时，才发现自己需要学习的东西有很多。除了上课学习，因为专业的原因，我还要拓展其他技能，比如平面设计、视频剪辑、摄影等，出于兴趣爱好，舞蹈零基础的我还参加了学校的艺术团，在学习和参加社团活动之余，还要备战各种各样的竞赛和考试。

　　每天我都计较着一分一秒，生怕时光从我的身边白白溜走。常听长辈们教育说："社会需要全面发展的人才，多学一项技能就多了一条谋生的出路。"也听到一些人说："大学四年就是要尽可能做那些能为你的简历增光添彩的事情，这样你才能在众多求职者中脱颖而出。"

　　也许是长期的心理压力，很不幸在今年的暑假，我被诊断出有慢性肾炎，被迫休学一年，在家调养身体。我开始思考自己真正喜欢什么。阅读和写作让我的心暂时沉淀下来。可是待明年去了学校，我又要面对同样的问题：我想让自己成为更优秀的人，可是成为一个优秀的人就必须要学习很多东西，而且要有拿得出手的成果。

在大学四年，我应该怎样做才能让自己变得更好，过上自己想要的生活，让父母不再为我的事情操心呢？

一个疑虑的女孩：云云

云云，你好。

你的身体恢复得怎么样了？但愿一切都好。

我曾因病住过一段时期医院，在那里，见到了形形色色的病人，他们的愿望，简单到只要能安稳地睡上一觉，只要能吃得下一碗饭，就是天大的幸福。我们平常人轻而易举能做到的事，在他们，比登天还难。如果能交换，他们愿意拿出他们的所有，来换取的东西只有一样，那就是健康。

这世上，真的没有比健康更重要的东西了。我们努力向前奔跑本没有错，谁不曾有过雄心和壮志呢？但前提是，要在保证健康的基础上。当健康没了，还谈什么抱负，还谈什么明天？

村上春树曾说过，肉体是每个人的神殿。想想，真是不无道理。我们每个人都拥有这座神殿，对待它的态度和方式的不同，直接决定了我们的幸福指数。敬重它，珍惜它，好好供养它，会让它巍峨耸立气宇轩昂，能盛得下我们所有梦想。反之，轻视它，随意消费它，随意糟蹋它，只会让它很快颓败下去，成一堆破砖烂瓦，让我们所有的追求，在一夕间瓦解。

云云，世界太大了，好的风景太多了，我们根本不能一一览尽，只能尽自己的心，多走几步路。佛说，脚下生莲。我真是喜欢这种生命的态度。我们不可能到达世界每一个角落，这也没有什么可遗憾的，我们只要把属于我们的每一步，踏踏实实走好了，让每一步都能走出自己的风景。

云云，我们的手掌只有杯口那么大，能握住的东西实在有限，那又何苦贪恋太多，让自己陷入崩溃得不偿失呢？你现在什么都想学习，什么领域都想涉足，貌似你的知识储备多多。事实上，你对什么领域都不精通，只能是蜻蜓点水，涉及一点儿皮毛而已。这样的你不会变得优秀，只会沦入平庸和一事无成中。

社会需要的人才，不是上知天文下通地理的，而是实实在在在某一领域某一方面有所专长的、游刃有余的。如果你是打铁的，你能够打造出比别人更锋利的刀，你就是优秀的；如果你是裁剪衣服的，你能够裁剪出比别人更多花样的衣服，你就是优秀的；如果你是种地的，同样的土地，你能够收获到比别人更多的粮食，你就是优秀的；如果你是画画的，你能画出让人愉悦让人深思的画作，你就是优秀的……优秀的人不是全能，他们都是有着明确目标的人。要搞科研，他们就往科研的路上奋斗。要实现企业家的梦，他们就往商业上靠拢。要出国留学，他们就苦练一口流利的外语。

云云，人生是丰富的，我们可以培养广泛的兴趣爱好，但更要有立足的根本。这个根本，就是能够找出一两桩事，作为供养你生命的支撑。面对万花筒般的大千世界，我们要有所选择，有所放弃，才能更好地拥有。倘若我们一生能做好一两桩事，就很了不起了。

梅子老师

天要刮风，由它刮去吧

亲爱的梅姨：

　　您好！

　　我是一名准高二的女同学——可可。一直想转学，但有太多的顾虑，让我很烦恼，希望您能指点一二。

　　我是因为在疫情延学期间性冲动而焦虑、恐慌的，从而让我没有办法正常学习，当时我知道这是青春期正常现象，但就是过不去。由于这种状态，我没能被我的第一志愿录取，我一直很懊恼。说实话，我很讨厌我第二志愿的学校，由于种种原因，我得了轻度抑郁症，一度想要休学，那时候没有转学的勇气，其实现在也有点儿害怕。

　　第二点是借读的费用很高，目前我就读的是一所私立高中，如果转去其他的学校，就要拿出双份儿的钱，我们家有三个孩子，家里只有爸爸挣钱，如果我转学，开销会很大，我怕家里吃不消，但是我真的很想转呀，那本该是我考上的，一直想着，很偏执吧。

　　第三点，也是最重要的一点，我只是想远离那个充满着不愉快的"地狱"，那里有太多的痛苦，我真的不想再回到那儿，想换个环境，一想到开学要回学校，心里就阵阵恐慌、烦闷，想要逃离。

第四点，新班级是不容易融入的，我害怕所谓的孤立、所谓的闲话，有些懦弱吧。在上高中之前，我一直以为我有一个强大的内心，但事实却恰恰相反，我很容易受到别人的干扰。

我现在抑郁症已经好了，心律不齐也消失了，像胃病这样的毛病也都好得差不多了，身体健康，真是万幸。一直以来也受这方面的太多影响，一切都终将会过去，但转学的想法从未消失，我真的很难受，真的不知道该怎么办了？

您的文字真的很平静，我总尝试着像您那样，看着容易，实际上却很难。这确确实实是因为我的阅历远远不够，真希望将来有一天会像您这般平静，感觉再难的事情在您那儿都可以很好化解。

请梅姨帮帮我，尽快回复，万分感谢！！！！

祝您永远健康快乐！

想和您做朋友的可可

宝贝，你好。

我刚散完步回来。今晚的夜空中，云朵好似一些岛屿，飘浮在天上。月亮形似一朵白灿灿的木芙蓉，游荡在那些"岛屿"中，忽隐忽现。农历初十的夜，月亮快饱满起来了，充盈着一股子喷薄而出的力量。天空是这么的好看，今天又有多少人错过了呢？

你也错过了吧？有点儿可惜呢。我们生命中的每一个夜晚，都是唯一的一个夜晚，错过了也就永远不可能再拥有了。愁闷、焦虑、懊恼这些情绪，是对生命极大的浪费。

你目前焦虑的事，集中在转不转学上。假如我是你，我不转。我是从你这个年纪走过来的，你所说的情况，曾经也在我身上发生过。当年考高中，我没考上重点高中，上了一所普高。如果找找关系，花点儿钱，家里人也可以把我弄到重点高中去，但我没有走那条路。我接受了现实的安排，把用来懊恼、焦虑的时间，拿来重塑自己，最后反过来掌控了现实。是的，我做了普高里的优秀生，一路高歌，考进大学。

宝贝，我不知你的具体情况，如果仅仅是因为心中的"执念"，非要上自己心仪的学校不可，我得劝你三思，最好别折腾。因为转学过去，你要适应新的课堂，新的教学方法。还有，开销大。你也说过，家里会吃不消，父母会跟着受累的。

如果是另一种情形：你就读的私立学校师资力量很差，生源很差，任你再怎么努力，也无法腾飞。那我支持你，赶紧办理转学。虽说会给家里造成一定的经济压力，但好在时间不长，熬一熬，两年很快就过去了。等你上了大学，你就可以勤工俭学了。

至于转学后会遇到什么样的状况，等你转过去再说吧，提前焦虑有用吗？无论选择了走哪条路，都要有勇气把这条路走好。不要一遇到不痛快就想逃离，就想躲，你的一生还长着呢，总会遇到这样那样的不痛快，到时往哪儿躲去？还是直接面对吧，你只是个学生，只有一件最主要的事做，就是埋头把书读好。有多少人跟你有仇，要去孤立你说你闲话？再说，你行得正，坐得正，心中无鬼，又害怕别人说什么闲话？

管好自己。如果我们不能重塑境遇，那就重塑我们自己，努力让自己变得强大。天要刮风，由它刮去吧。

梅子老师

第五辑
走着走着，花就开了

只要你不停下脚步，这一刻是道阻且长，下一刻，

也许就遇见了人生的丰美。就像牛羊掉进了丰美的草原。

走着走着，花就开了

梅子老师：

您好！

我是栎栎。我在两年前曾给您写过信的，那时我暗恋一个女生，老师您给了我很好的指导，让我从暗恋中走了出来。

我现在又遇到新的困惑了，眼看着要奔向高考了，我的状态却一直不好，成绩往下掉得厉害。我很焦虑，很着急，觉得自己不应该这样，周围人却不觉得，他们对我充满不屑。我越来越多地陷在从前的回忆里，那时，没有一个人不夸我聪明的。在一帮孩子里，我是最出众的，走到哪里，都有掌声围着。母亲教我唐诗宋词，才教两三遍，我就能背得一字不差。去学钢琴，教我的钢琴老师直夸我天资好，一首曲子弹了一二十遍，我就能流畅地记住曲谱指法。学校里大小活动现场，我是当仁不让的小主持。我总是听到同学的父母对同学说，你瞧人家华栎栎，样样都比你杰出。可从前那个杰出的少年，却一去不复返了。

我感到，自己似乎很老很老了，再也没有了雄心壮志。我害怕明天，我不知道要走向哪里去，不知道哪里才是我的归宿。我很忧愁。梅子老师，您说我该怎么办？

您的读者：栎栎

栎栎，在给你回这封信的时候，我的音箱里，正播着周艳泓唱的《春暖花开》。这歌我真是喜欢听，好些年了，我一直喜欢着。春来的时候听着，十分的应景。即便是隆冬里听着，也很合宜。它轻快明丽的旋律，总能使人如置万花丛中，鸟在鸣叫，花在歌唱，生命真是美好啊。"对着蓝天许个心愿，阳光就会照进来"，有些时候，果真是这样。并不是你许的愿有多灵验，而在于你的心情。心里若有阳光，再多的灰暗，也会变得灿烂。

　　你现在的心情，却整个的，都是灰的。你告诉我，你很焦虑。你不知道要走向哪里去，你惧怕着那个"前头"。十八九岁的年纪，你感到，自己已经很老很老了。你陷在童年少年的回忆里，无休无止。那时，天也蓝，云也白，你聪明伶俐，唐诗宋词，教过几遍，你就能朗朗上口。你学钢琴，一首曲子，弹了不过一二十遍，你就能弹得流畅飞扬。你还登台表演，做过小主持人。一帮孩子里，就数你最出众，你深得众人喜爱。如今，一切都变了，你处处碰壁。从前那个杰出的孩子，已像一粒沙子，掉进沙堆里，再也显示不出一点点的独特。你害怕往前走，你只觉得前头都是黑暗里的黑，看不到一丝光亮。

　　栎栎，恕我直言，我要说，不是你变得不杰出了，而是，你本身就是一个寻常的孩子。这世上，我们原本都是寻常中的一员。江海宽大，还不是由一滴一滴寻常的水组成？是的，我不否认，你的聪明伶俐，你的优秀，但这都是在智力正常范围内的。这世上，又有几个孩子天生是愚笨的？你只不过是在某一个或某几个领域里，比别的孩子多走了几步路而已。因此，你有光环加身。那样的光环，耀花了你的眼，使你误以为，鲜花和掌声只属于你。

等你长大一些，你发现，那光环，不知何时，已黯淡了，已无踪无影了。你成了一堆沙子中的一粒，你不能接受，你无所适从。然我却要恭喜你，恭喜你终于回归到正常，恭喜你成了你。一个人，只有当他不慕虚荣，远离浮华，他才能回归到本真，看清自己，脚踏实地，做好他正在做着的事。就像你的现在，高考在即，那就好好温习你的功课，读好你的书，热爱大自然，热爱生命，你也就很优秀了。

枥枥，每个人，在这个世上的存在，都是唯一的，独一无二的。做好你自己，以一颗平常心，待人待己。一辈子很长，怎么可能时时有鲜花掌声相伴？很多时候，路得靠你一个人去走，途中会遇到山石林立、崎岖艰难，这都正常。因为你遇到的，别人也会遇到。而这时候，拼的就是勇气、毅力、恒心、信念，你如果比别人多出一份勇气、毅力、恒心和信念，你就有可能到达成功的彼岸，到达你所说的"杰出"。

枥枥，放下你的焦虑，思考一下你到底想要什么。然后，拿出勇气来，认真走好脚下的路。将来的事，充满了无数的不确定性，去愁着忧着做什么呢？你只管走下去，走下去，走着走着，花就开了。只要你不停下脚步，这一刻是道阻且长，下一刻，也许就遇见了人生的丰美。就像牛羊掉进了丰美的草原。

　祝福你！

梅子老师

找到适合自己的人生跑道

梅子老师：

　　您好！

　　自从上高中以来，我真的感觉好不适应，分在所谓的强化班，上课看着别人和老师那么默契，自己却像听天书一样，真的好绝望，考试也很糟糕。

　　我也总是特别敏感，别人不经意的话很可能让我独自难过很久。他们都说我"娘"，我跟他们辩论，有一个学生还拿起凳子要砸我，问我服不服。我真的好难过，强忍住气。

　　有一次我值日，明明擦过黑板了，擦得干干净净的。然而不知道谁在上面乱写了什么，老师来上课，一见到黑板上有字，大怒，问，谁擦的黑板？滚后面去！我想解释也没人听，我觉得好委屈，眼泪一直憋着。可是班里连一个朋友都没有，一个可以说话的人都没有，情绪在低谷时，我希望您能告诉我该怎么办。

小虫子

小虫子你好，我很能理解你的感受。因为，我曾经也是这样的一个孩子。

　　那时，我从乡下考进城里念高中。在乡下读初中时，我压根儿没学过英语，而城里的孩子，英语早已学掉六册书了。每逢上英语课，在我，不啻是听天书。我不懂单词读音，我不懂什么过去式什么现在分词，我更不懂什么语法。英语老师一看到我，眉头就皱成一团儿，他"哒"一声，说，丁立梅，你怎么这么差？你在拖班级的平均分你知不知道？

　　难过、自卑，我恨不得找个地缝儿钻进去。可地上没有地缝儿可钻，咬咬牙，我还得继续我的读书生涯。也顾不得别人的窃窃私语，也无暇在意别人对我的种种责难，我一头埋进书本里，从最简单的 ABC 的读音开始学习。下课别的同学去操场，我在教室里背诵。晚上所有同学都睡觉了，我还在看书。早上别人还没起床，我人已在教室里了。我当时想的是，没有谁能拯救我，只有我自己。

　　我渐渐听得懂老师在讲什么了。我也能回答老师的一些问题了。我终于像正常的孩子一样，坐在英语课堂上，心安理得了。虽然，我的英语最终没能成为我的强项，但它也没有拖我的后腿，我远远超过了班级的平均水平。

　　小虫子，我跟你讲这些，是想告诉你，别把时间浪费在无聊的事上。把绝望和难过的时间，用来弥补你的不足。与其在那里哀伤，让自己越来越陷入泥淖之中爬不起来，还不如唱着快乐的歌儿，勇往直前，才能挣得一线光明一线天。

或许你会说，哪那么容易啊，强化班的都是尖子生呐，要赶上他们，难上加难。那么，好，咱不要在强化班混了，咱转到普通班去。有时，找到适合自己的人生跑道，相当重要。只有在适合自己的人生跑道上，才能完全放开手脚，发挥出自己巨大的潜能和爆发力。

小虫子，当有一天，你能够惬意舒畅地奔跑起来，你还会在意别人的闲言碎语么？到那时，别人的闲话，你根本没工夫去旁听，也不屑于去听呀。他们说好说坏，都影响不了你奔跑，你还是你。他们有力气说，就让他们整天去说好了，你又何苦争辩？你用实力向他们证明，用你的乐观向上向他们证明。

至于老师对你的误会，哎，根本不值一提的嘛，你大可以选择一笑了之。不就是被罚站到教室后面去了一回么，没什么大不了的。课后，你也可以找老师笑着做个解释。这都无妨的，你说呢？小虫子，一个人只有自己变得强大，别人才找不到攻击你的缝隙，才不能轻易将你打败。

祝你好运，亲爱的宝贝！

梅子老师

学海无边，书囊无底

梅子老师：

您好！

我是山海寻远。是来自广东的一名初中生。

我读过您不少书，很喜欢。在您的书里，我看到很多描写乡村和古镇的文字，都非常美。但我也很伤感，这是梅子老师的乡村和古镇啊，是属于从前的，它们那么好。现在呢？再也不是了。虽然也有好多人在夸乡村如何美好，古镇如何美好，可我觉得他们夸得很虚伪。因为我眼里看到的乡村和古镇，要么空荡荒凉，要么花里胡哨。可能是我变得很世俗了吧。

我从小喜欢读书。大概是书读得比较多，写起作文来，从来不觉得是件难事。我非常喜欢上作文课。我的作文往往都是老师拿着当范文讲的，我的同学都称我是"作文大王"。是的，一度我很飘，很荣耀，活在满满的自豪中，认为没有人会超过我，认为自己已是登峰造极。

直到这一次，省里要举行作文大赛，先在市里初赛。我却摔了个大跟头，作文完成得很糟糕，竟没能被选去省里参加比赛。这对我打击太大了，像是从高高的山顶上，一下子滚到山脚下。看到以前那些不如我的人，现在写出那么好的作品，夺得高分，我感觉自己一无是处。

有个同学劝慰我说，都是运气作的怪。我冲他苦笑，我知道那不是运气，而是实力的原因。这位同学，明天就会去省里参加作文大赛了。他和我也是好友，我真诚祝福他比赛顺利，但我同时活在自卑中，他如果夺得省里的名次，我该怎么办？或许，我以后还会去参加作文比赛，但我如果冲不到全市的名次，全省的名次，那一刻的人生差距会使我如何？我突然想到，我可能就会这样庸庸碌碌地活在世界上，他可以走上人生的巅峰，拥有精神与物质的双重丰收。

以前，我一直是个很自信的人，作文写得好，其他学科也学得不错。我立志一定要考上我们市里最好的高中，还要上最好的班。我以为我有这个能力。现在，我有些沮丧和害怕了。我总是不由自主地胡思乱想着，万一呢，万一我考不上呢？我的作文退步得这么厉害，我的英语底子也不如别的同学扎实……真是不能再想了，一想就有种万念俱灰的感觉。我是一无是处的了。

梦想真遥远啊，比山高，比海远，不知何时，我才能抵达。

心绪缭乱，有些胡言乱语了，梅子老师见谅啊。

祝您天天笑口常开。

山海寻远

山海寻远，你好。

你的信写得真长，我夜里开信箱时看到，粗略看了一下。这会儿，又拖出来，重新看了一回，大体梳理出你的烦恼有三：

一、你说你变得很"世俗"，别人口中的乡村美好，那些古镇的美好，你觉得非常虚伪。

二、你作文写得好，曾一度活在虚荣、高傲、荣耀之中，认为自己已登峰造极。然而，有同学竟超越了你，把你远远甩在后头，你感到恐慌。

三、你想考上你们市最好的高中，且要能上最好的班。

嗯，少年。一个意气风发的少年。我羡慕你。这么好的年华，这么蓬勃向上的精神。

我想着怎么来答复你。在想之前，我是要做一些小动作的，做些貌似无关紧要的事。比方说，我把一盆花端到太阳底下去。比方说，我站在窗台旁，看着阳光，怎样趴在一盆吊兰上。它把每一片吊兰的叶片儿，都当摇篮了。这么看着，我笑起来，心情愉悦。我想着这样的阳光，一定也落在乡村，落在那些沟畔河边，落在那些植物上、房屋顶上。也一定落在古镇，落在那些青石板上，落在那些或平或拱的桥上，落在那些瓦楞间，落在人的眉睫上。

美好的存在，无处不在。乡村抑或古镇，很多的消失，似乎也把曾经的美给带走了。然而，这世上，哪一时哪一刻，没有美在诞生？再荒芜的地方，也有小草生长。而每一棵草都会开花。

所以，宝贝，请不要怀疑美。任何时候，任何状况下，都要怀抱一颗美好的心。心里有美好，你也才能看到美好。

你说你在写初赛作文时失利了，"看到以前那些不如我的人，现在写出那么好的作品，夺得高分，我感觉自己一无是处"。唔，我简直要笑死了。到底是个孩子啊，芝麻大的小事，愣要看成比天还大。不就是作文失了分么，也只是一两次，怎么就代表了你的全部，你怎么就变得一无是处了呢？且不论你有那么多学科，就拿你的人生来说，多长的路还要走啊，你得遇到多少的艰难险阻，然后才争得自己的风光流转。如果遇到一点阻碍，你就"一无是处"了，你还怎么走下去？

"这位同学，明天就会去省里参加作文大赛了。他和我也是好友，我真诚祝福他比赛顺利，但我同时活在自卑中，他如果夺得省里的名次，我该怎么办？或许，我以后还会去参加作文比赛，但我如果冲不到全市的名次，全省的名次，那一刻的人生差距会使我如何？我突然想到，我可能就会这样庸庸碌碌地活在世界上，他可以走上人生的巅峰，拥有精神与物质的双重丰收。"——好孩子，我真佩服你的"歪思歪理"呢。来，我且帮你设定个"最坏"的结果，这个同学得大奖了，且是特等奖第一名，你后来连去参加的资格也没有了。是不是你的人生到此就画个句号打个结不走了？这世上，没有谁能够登峰造极，我们永远都走在路上，每一个阶段都有各自的辉煌。

打个比方说，当我吃一只橘子时，觉得橘子好甜，很爱。当我再吃一只苹果时，觉得苹果好脆，多汁，也是极爱了。当我再吃一只杧果时，那果肉之香，浸绕唇齿，又是极爱。那到底是橘子好，还是苹果好，还是杧果好呢？如果按你的思维，橘子该嫉妒苹果，苹果该嫉妒杧果了。橘子会想，曾经我是被人爱着的，怎么苹果超过了我呢？苹果会想，我怎么不是杧果呢？——这很可笑是不是？其实，橘子有橘子的好，苹果有苹果的好，做好自己最重要。

你的强项，不可能永远是强项。你的弱项，也不可能永远是弱项。我们要做的，是要找到平衡，继续努力，不断学习，走好脚下的路。倘若眼睛总盯着别人，那我们一天也活不成。因为，再完美的人，也不可能是个全能，也总有比不过他人之处。差距的存在，是最为现实的，且是永远存在的。我们竭尽全力，拼尽一生，也做不到登峰造极。故而，古人才会说，学海无边，书囊无底。

梅子老师

好的，我们就这样说说话吧

亲爱的梅子老师：

　　展信佳！

　　我是一个总爱多愁善感的女生。我写了六年的日记，以前写日记总是记流水账，后来，慢慢地，长大了，日记里有了好多故事，好多感悟。有的时候觉得人生很漫长，路很远。我不知道前方的路是怎样的，是否布满荆棘，会有多少人陪我走下去。可当听说有人去世的时候，我就会感慨，时间过得好快，说不准哪天就会离开人世。有的时候，我甚至觉得自己现在的成熟、懂事都不是我这个年纪应该有的。有的时候，我特别迷茫，我自己到底是一个怎样的人。不开心的时候，我喜欢看您写的书，因为我可以从里面找到灵魂安放的地方。

　　山东省的高考很残酷，特别是在新高考改革之后，面临着"3+3"的高考压力，我真的有些不知所措。压力总是很大，没有可以释放的地方，只有在看您的书的时候，才可以稍微感到世界的一丝平静。我以后也想跟您一样，当一位优秀的作家。我喜欢用音乐煮文字，让文字更有生命力与渲染力。有的时候就想这样跟您说说话，这是我梦寐以求的事啊。

卿卿

卿卿，好的，我们就这样说说话吧。

我原也是个多愁善感的人呢。

记得读高中时，教室外面长着一排很粗壮的梧桐树。我总爱盯着那些梧桐树看，鸟在上面啁啾，我会伤感，啊，我为什么不能像鸟那么自由？雨落在叶子上，发出啪嗒啪嗒的声音，我会惆怅，哎，梧桐更兼细雨，这人生怎么就这么湿漉漉的呢！更别说秋风扫落叶了，那会让我掉眼泪的。

现在回头去看我当年写的那些日记，哦，天哪，整个一林黛玉嘛。大概每个女孩子，在青春的心里，都住着一个林黛玉的。这也没什么坏处，至少，它让我们与这个世界相处时，内心有天真，有柔软，有善良，懂得洁身自好，懂得轻拿轻放。

这个世界，多么需要一些柔软啊。所以卿卿，别介怀你的"多愁善感"，只要不过分感怀伤神就好。等走过了这段青春，历过了一些风雨，你自会拥有人生的开阔。

卿卿，哪里的高考都不轻松呢，不管是在山东，还是在别的地方。做学生本来就是一件苦差事。以前，我参加高考时，老师们说，高考就是过独木桥。千万个人过独木桥，总有人要摔下去的——这是它残酷的地方。然又有着它的公平，有能力者上，没能力者下。不练就一身本领，拿什么过独木桥呢！所以那时，我拼了命地学习，根本来不及惶恐，来不及不知所措。现在，偶尔回头去看，我对那段读书时光，真是充满留恋。虽说它又苦又累，可它饱满、充实，心无旁骛。

现如今的高考环境，比我当年的要宽松多了，你们现在过的不是独木桥，而是结结实实的钢筋混凝土大桥呢，再怎么走，也掉不下去的（除非你自己硬要往底下跳）——总有一所大学，在等着你们去深造。再不济，也还有各类技校的大门开着的。即便高考发挥得不好，那之后的之后，也还有很多机会，供你们去大展宏图。所以呢，卿卿，你不必给自己太大的压力，尽心尽力就好。

很开心你说要像我一样，以后当个作家。其实呢，我的写作绝对不是为了成名成家，而是因为热爱和喜欢啊。我希望，写作也是你真心热爱的一件事，无论将来你是否能成名成家，你都要热爱下去。因为热爱，不管你身处何地，心灵都将是饱满的、喜悦的。

聊到这儿，我的眼前，晃过一蓬小花。也不知怎么的，我突然就想到那蓬小花了，它们开在三清山的崖壁上。上有大山压着，根本容不得它们抽枝长叶，它们就想办法把枝蔓旁逸出来，密集的小花朵，被它们托举在半空中，跟一团紫雾一般的。那日三清山之旅，旁的景致我都印象不深了，独独这一蓬花，清晰明艳在我的脑海中。

好了卿卿，今天我们就聊到这里吧。祝你快乐。

梅子老师

闭上眼，先美美地睡上一觉吧

梅子老师：

您好！

我是一名高三的学生。距高考还有 276 天的时间，感觉时间过得真快，转眼间我也到了面临高考的时候，虽然每天都忙忙碌碌的，但是我觉得我所做的事情并不是我喜欢的，我有自己的学习计划，但是被一大堆的作业挤跑了自学的时间，自己也挺没辙的。

我是一名文科生，对历史这样的学科，有些东西自己看看书就明白了，可是又不能不跟着老师的步调走。还有作业，有时压根就写不完，实在是令我头疼，感觉总是找不到自己的学习方法，忙忙碌碌地写作业、上学、记忆……其实也没学到什么。还有周围的同学，写作业貌似都比我快，比我超前。我上课偶尔还会困，强行让自己清醒时就听不进去课了。已经高三了，我觉得自己身体上心理上都需要调整一下，所以希望梅子老师能够帮我答疑解惑。

月月

月月，你辛苦了。

人生路上多的是风雨，为了抵挡这些风雨，我们必须历练一些本领。而读书学习，是其中最大的本事。祖先有训，吃得苦中苦，方为人上人。这是对读书人讲的。读书向来是件苦差事，没有谁天生喜欢这件苦差事，然，一代一代的人，还是奔赴在读书的路上。人生的厚度，因此而增加。

我也曾经历过紧张的高三生活。大学毕业后，做了老师，亦曾多年执教于高三。再到后来，我的孩子，也从高三走了过来。对了，他在念高三时，我每天记录他的高三生活，还因此写下一本书，叫《等待绽放》。

我的经验，高三的日子，与别的读书的日子，并无两样。一样的上课听课，一样的温习做作业，一样的叶绿花开有四季，只要保持自己的学习节奏，到高考时，就不会出现太大的偏差和意外。

可是，偏偏紧张了，偏偏恐慌了，偏偏手忙脚乱了，每个人似乎都在争分夺秒着，让高三的每一天，都弥漫着硝烟。表面上看，是把时间抢到手了。可实际上呢？时间本来就在那儿，不增不减，你在慌乱的忙碌中占有的时间多了，势必用在睡眠和休息上的时间就少了。结果是："上课偶尔还会困""忙忙碌碌地写作业、上学、记忆……其实也没学到什么"。

真是替你委屈得慌呢，挤掉那么多本该睡眠休息的时间，你只是重复地机械地把时间的空隙给填满了而已，只是做了一场又一场的无用功。代价却是身体的虚弱，是永远睡不够的苍白，是上课也无法集中注意力的疲惫。

月月，是到了狠下心来说"不"的时候了。人各有异，每个人都应该找到适合自己的学习方法，而不是从众，不是随大流。你可找老师好好沟通一下，让他们能够稍稍放手，给你一些支配时间的自由，让你能够按照自己制订的学习计划来走。哪怕先试行一阶段也行，如果效果不错，咱就继续进行下去。如果没取得预期效果，再改变学习方法也不迟。那些你会做的题，可以少做，甚至不做。那些你已弄懂的知识点，可以少听讲，甚至不听讲。把这些时间腾出来，做你自己计划中的事。你也不要跟谁比做作业的速度，也不要跟谁比刷题，你只需按照自己的节奏来，夯实你的每一个知识点，举一反三，这应该比重复地做题效率要高得多。

月月，不要去打时间战和题海战。制订明确的计划，有的放矢，才是真正有效的努力。到该睡觉的时候，要好好睡觉。到该休闲的时候，要好好休闲，看点儿课外闲书，听一些好听的音乐，让紧张的大脑，得到放松。这样，你才能在课堂上神采奕奕精力充沛，你也才能够在做题时思维敏捷游刃有余。

嗯，闭上眼，先美美地睡上一觉吧，天不会掉下来的。宝贝，倘若你以愉悦心平常心对待高三，或许别有洞天呢。

梅子老师

走好你的下一步

梅子老师：

　　您好！

　　我是您的一个小读者，今年中考。很苦恼的是，三年来，我每次的考试分数都在全市最好的高中分数线以上，甚至远超二十几分，但这次，我却差了 15 分，连第二名普通高中的实验班都去不了。

　　我不知道如今该怎样，虽然一遍一遍安慰自己没事，但是，我还是心有焦虑，想听听您的意见。这两天，每次想到这件事，都好痛苦。

追风筝的人

　　宝贝，你好。

　　我想问你一个问题啊，三年的初中生活，你有没有付出十分的努力？你有没有愧对过你的时光？

　　从你走过来的路——每次考试都在全市最好的高中分数线以上，我已得出答案：你已努力了，你没有愧对你的时光。

那么宝贝，你还有什么可自责和痛苦的呢！结果已然是结果，你不愿意接受也不成，与其如此，还不如坦然一些，承认它，接受它。对你来说，人生才是个开始呢，后面还有高中，还有大学，还有无数的考验……

实验班能不能上，又怎样？只要有课桌，有书本，有老师，有努力学习的劲头，有坚持不懈的一颗心，坐在哪里上课，都是一样的。穷乡僻壤里也出人才，鸡窝里还飞出金凤凰呢。

所以呀，你不要把大好时光再浪费在所谓的"痛苦"上了，那很不划算的。你把今天的时间"痛苦"掉了，这个时间就再也回不来了。而它，带给你的，除了让你情绪低落，还有什么？已走过的路，无论顺畅与否，都无关紧要了，重要的是，要走好你的下一步。

趁着这个暑假，多读几本书吧（也可把高中课程提前预习）。如果有条件，多走几个地方，找找诗和远方的感觉。或去看两场电影，去逛一场花市，哪怕就是用心地研究一道美食，至少也能让你收获到愉悦。

宝贝，拥有一颗愉悦的心，才能使你充满力量，稳稳地走好下面的路。

梅子老师

做棵拥抱太阳的向日葵

梅子姐姐：

上午好！

我觉得自己好没用，特别笨，笨到别人对我说了一两次甚至好几次的话，我都听不懂。

一个人来到了梦寐以求的北京，这才发现自己一无是处，对不起自己，更对不起家人。我不知道学什么。现在我在朝阳一家火锅店当服务员，什么都不会，很笨，连菜名酒水都记不住。上班一周了，什么都没有学到。我到北京本来有一个目标，就是赚五万块钱回家，给家里老人操办酒席。现在看来梦想要破灭了，我什么时候才能赚到五万块钱？

长这么大，我知道谁才是真的在乎我关心我的。虽然大爸和老头从小对我打骂，但那是爱我，想让我成才，所以我会好好孝顺他们。至于我的父母，我就不去想了，他们多我一个儿子不多，少我一个也不少。我从小被他们送到大爸家，他们就再没有过问过我的事，对我不管不顾。今天上午我在饭店看见一个孩子在玩儿手机，他妈妈在旁边喂他吃东西，我的眼泪就流下来了。我真羡慕那个孩子，他多幸福啊，有妈妈疼爱。我恨我的妈妈，她生了我，却没有养我。

都说生活是诗篇，理解的人开心快乐着，不理解的就只有默默地去面对一切。梅子姐姐，我现在过得很盲目，再过一个月，我就19岁了。时间过得好快，牙牙学语的时候，最爱的大爸和老头还年轻着，可现在，他们已经老去。我不知道为什么姐姐写的文章，都那么愉快和开心，所经历的事情历历在目，流露出一种美好的生活方式，而我只能向往。我也想和姐姐你一样有那么好的记忆，有那么好的心情，大概对于我来说，只能是一个梦罢了。

梅子姐姐，我只想和你说说话，打搅你了！

拥抱向日葵

宝贝你好，你该叫我梅子阿姨才是。因为，你还没有我的孩子大。

记得你曾给我发过一组图片，图片上有我的书，和你摘抄的我的文章，字迹端端正正。还有一张你的大头照，白衬衫，大眼睛，笑得很青涩。当时我还在心里面叹了声，好俊的一个小男生！后来，你又录了一首歌给我听，声音也脆也甜，带点儿童声。我不知道那个时候，你已独自在外，挣钱养活自己了。

陆陆续续地，你给我写了不少信，我拼凑出你的故事：出生时就被大爸(你们那里叫大姑为大爸？)抱养，亲生父母很快又有了孩子，一个弟弟，一个妹妹。弟弟妹妹在父母的疼爱下长大，你却少有这种疼爱。虽然大爸和老头对你很不错，但你到底是失落的。又，你大爸和老头太穷了，可以用"穷困潦倒"来形容，你读书读到初中毕业，他们就再也没有钱供你读下去了。你好想上学，跑去找亲生父母要钱，亲生父母冷冷回你两个字，没钱。你不想让大爸和老头再为你受苦受累，就断了上学的念头，跑到外面打工了。

我除了心疼你，也不能给予你实际帮助，唯一能做的，就是鼓励你多读书。你很听话地照办，无论去哪里，都会带着一本书，并且时不时告诉我，你从书中得到的教益。我很高兴，我信，你读进去的那些书，定会照拂你。你从中获得生存技能，说不定有朝一日，还会来个咸鱼大翻身的。——我如此美好地期许着。

没想到，你已从深圳跑到北京。宝贝，你真能跑啊。这也是好的，读万卷书，不如行万里路，行走也是阅读的一种，路上所遇种种，都是生活在给你上课呢。那你就好好地做一个好学生，乐受得，苦也受得，认真地把脚下的路走好了。不要再纠结于过去的种种，去想那些不快乐的人和事。也不要去怨恨亲生父母，毕竟你们没有共同生活过，感情上有疏离也是情有可原的。你得以成长到这么大，也是有爱的滋养的。宝贝，学会原谅吧，这也是你在成长路上必须上的一课哦。原谅他人，与自己和解，我们才能拥有更开阔的明天。

在火锅店里打工，并非如你所说，一样东西都学不到。你想一想啊，那么多的调料菜蔬酒水，都是你手底下的"兵"呢，你将一一熟识它们，这也是生活积累之一种。又每日里迎来送往，诸色人等从你跟前走过，时间久了，你也是阅人无数的。阅人，也是一门学问。当然，你不会长久留在火锅店，你会离开那里，去做别的事。所以，更深人静时，你不妨好好想想，自己到底喜欢什么，能做什么。给自己一个职业规划吧，宝贝，等积攒了一笔钱，赶紧去弥补，去学习，一步一步，朝着规划好的那个方向努力。各行各业，缺的不是人，而是人才。只要你肯努力，肯钻研，让自己成为一个"人才"，到时候，你今日所苦恼之事，也都不成为事儿了。

宝贝，别泄气，也别着急，你还年轻得很，有的是年轻做资本。我要关照你的是：

一、不做违法和违德之事。

二、不伤害自己。比方说，不自暴自弃（自我放弃也是伤害的一种）；比方说，不让自己每天纠结于过往（有时放不下，也是伤害的一种）；比方说，不浪费青春，得过且过（虚度光阴也是伤害的一种）。

三、不要放弃学习。有时间就看看书吧，你并不知道哪些知识对你有用，但，书读多了总没有害处。谁知道你播下的哪一颗种子，什么时候就出芽就开花就结果了呢？只要勤于耕耘，意外的惊喜，随时随地都可能发生。

宝贝，你的昵称是"拥抱向日葵"，我很喜欢。我更愿意你就是棵向日葵，一棵拥抱太阳的向日葵，心怀美好，目标坚定。

梅子阿姨

第六辑
第 N 个 "树洞"

我很期待明天我会遇见什么。

我很贪恋这个尘世的烟火和温柔。

雨不会一直地下

梅子老师：

你好！

我这里的春天似乎还很远，持续的降温降雨让人有点儿受不了，人的惰性加上眼前的空虚让我只想睡去，却又无法面对夜夜袭来的噩梦。在餐桌上把不会喝酒的自己弄得微醺，轻扶着墙壁，怕被人看出我已经稳不住的步伐，在包房里唱着我知道的所有新的、旧的歌，我好想骗过全世界，我困惑着痛苦着，却和其他人不同。

好像没有人真的可以理解谁，是吗，梅子老师？

也许我们每天都活在误解里，还是说我太无知了？

瑶琴

瑶琴，你好。

我的东台，也才下过几场雨。在三月里，甚至还来了一场飞雪。风吹料峭，然春天的脚步，谁能拦得住呢？该钻出的芽儿，自会钻出。虽现时还不明显，然草色遥看，已然是新绿如烟。我的阳台上，冬天枯死的一盆绣球花，也有了复活的迹象。走过河边，柳条们在清寒的风里袅娜，上面爬满鹅黄的芽苞苞，密密的，像长着绒毛的活泼的小虫子。——春天离得再远，它也会如期赶来。就像雨不会一直地下，太阳才是这个世界的主宰。

我不知道你到底发生了什么事。那些事，也许让你受伤了，潮湿了，你沉溺其中，不想再爬出来。你听不见春天走来的脚步声。你看不见风雨的后面，阳光正快马加鞭赶过来。你只在那里独自哀吟，没有人理解我呀没有人！可是，我想问你一句，亲爱的，你理解你自己吗？

别告诉我你理解。你是不理解你的，你是不爱自己的。倘若你有一点儿爱自己的心，你也不至于拿自己泄愤，作践自己。喝酒买醉消愁？在KTV包房里声嘶力竭？这都是最最没出息的，又是十分幼稚的举动。"好想骗过全世界"——唔，口气好大，全世界与你何干？你先骗过自己再说吧。

被人误会，遇到不公，情感失意，走路摔倒了，等等，这都是生活中的正常现象。你遇到了，别人也会遇到。谁的人生里，不曾摔过跤、伤过心、流过泪、有过痛？因遇到一段崎岖路，就否认了所有的阳光道，干脆灰起心来，躺倒不走了，那未免犯了以偏概全的错，也未免太懦弱和不争气了。

我很欣赏电影《立春》里的女主人公王彩玲，相貌丑陋的她，天生拥有一副唱歌剧的金嗓子。她在梦想和现实之间，一路摸爬滚打，遇到不公、不解、不屑、背叛、谎言，然她最终，坚持着走过来了。虽梦想还离她很远，也许她已经放弃，但又有着新的希望，开始在她的生命里萌芽生长。正如她所说的：

立春一过，实际上城市里还没啥春天的迹象，但是风真的就不一样了。风好像一夜间就变得温润潮湿起来了。这样的风一吹过来，我就可想哭了。我知道我是自己被自己给感动了。

瑶琴，给自己一点儿信心，你的春天，它终会到来。不管你被伤着哪儿了，不管伤得有多重，那伤口，终究会愈合的。你也要学会自我疗伤，用信念，用坚强，用微笑，用善良，用干净，用宽容。不要总试图等着别人来拉你起来，能得到别人的理解更好，倘若得不到别人的理解，咱自己就不走路了吗？自我的认同，才是最重要的。

最后，我想提醒你的是，在你的人生路上，还将会遇到一些风雨，一些崎岖，你还会痛，还会流泪。但不管有多伤心多难过，请记住，千万别再拿自己当发泄的靶子。作践自己，是很让人鄙视的一件事，傻瓜和笨蛋才会那么做。

梅子老师

懂得拒绝，是对自己的一种成全

梅子姐姐：

您好！

首先表达一下对您的感谢！一直以来，您的文字都是我前进路上的萤火，温暖明亮照耀我的心灵。您的陪伴是我莫大的幸运。

我是一名高中生，还有不到两年的时间将面临高考。在本就辛苦的高中生活里，我又遇到了难题。班里没有生活委员，班主任就让我来担任。最近，班里的原文娱委员辞职，班主任又希望我可以兼职。

班主任坚持认为，我属于比较细心的人，适合做这种工作。但我，尤其是我的家人，比较担心我的学习会因此受影响。我很为难，这两项工作加在一起，会很累很辛苦，真的很影响学习。但我却做不到很好地向班主任去解释去说明……嗯，我真的是一个特别特别不会拒绝别人的人。

我也有很多其他缺点，比如没有安全感，很多事情过于细致而导致纠结，甚至细致到有点儿强迫症……现在最困扰我的是，我不知道该如何去拒绝别人。

我很迷茫，很多时候遇到事都是我承担后果，结果包容了太多，反而使自己越来越没有安全感。闺蜜也说我太爱揽责任了。也因为这个，绝大多数时候我都无法传达出我的真实想法与感受。有时候我也害怕某一天我承受不了了，反而会丢掉我的善良。

我该怎么做，才能显得既得体，又能说出我想要说的真心话呢？

梅子姐姐，可以请您帮帮我吗？

小梦

小梦你好，看了你的信，我有些心疼你。好孩子，你可不可以不要这么"懂事"和"听话"呢？

从小到大，你应该没少得到过夸奖、赞许和表扬吧？你温柔、乖巧、善良、努力、负责、善解人意，从不给他人添麻烦。你是同龄孩子学习的榜样，是大人们口中的"别人家的孩子"，特别让父母和老师省心。

你的"美好形象"就这么被塑造出来，被定格下来。这形象，好似一顶亮闪闪的桂冠，戴在你的头上。不管你走到哪里，不管你在做什么，你都习惯了戴着它。你的言行举止，你的所作所为，自觉不自觉地，都要为它添光。有时候，哪怕你心里有一千个一万个不愿意，你也绝对说不出口一个字，这个字叫：不。你怎么可以说"不"呢，那不是给自己的美好形象抹黑么？

你把自己套进了一个怪圈中，别人越是信任你欣赏你，你越要表现得没有任何瑕疵，你害怕大家对你失望。结果，是你的责任你担着，不是你的责任，你也要担着。你越活越累，越累越纠结，越纠结就越害怕。你没有了安全感。

为什么会这样呢？还不在于你的虚荣！你害怕什么呢？不就是害怕别人不再信任你不再欣赏你么？你一直活在别人的目光中，这就是你的虚荣心在作怪啊。

要从这样的"怪圈"中走出来，得看你的勇气了——你敢不敢正视自己，你其实并不完美。是的，你没有那么"乖"，你没有那么"宽容"和"大度"，你也会有情绪也会难过，你也会在意也会疼痛，你也有腹黑也有埋怨，你也有你不愿意去做的事情。

当你真正意识到并承认了自己的不完美，接下来就好办了，你根本不用考虑多少措词，只需态度坚决实话实说。"谢谢，但我不能接受，因为我胜任不了"，或者，就简洁明了地回一个字："不！"掉转头，你该干吗干吗去。嗯，请相信，你这一个"不"字，绝对不会影响到什么，别人的生活，一定都还按部就班着，而你，却甩掉了负累和面具，还自己诚实。

宝贝，咱有多大能耐，就做多大的事，不要为难自己，不要勉强自己。有时懂得拒绝，承认自己并没有那么好，是对自己的一种成全。安全感别人给不了你，只有自己给自己。你是你自己的坚强后盾。你是你自己的守护神。

梅子老师

给自己找一个"树洞"

梅子老师：

您好！

我是从妈妈那里知道您的。我的妈妈是您的忠实读者，她买了很多您的书，她推荐给我看，我看着看着，也喜欢上您了。

小学时，我是个快乐的人，成绩好，人缘也好，什么都好。可自从升上初中后，我有越来越多的苦恼，学习上的，生活上的，人际交往上的，太多了。表面上我却装着若无其事，夸张地笑着闹着没心没肺着。大家都说我活泼大方，乐观阳光，只有我自己晓得，才不是。这是我的秘密吧，我不愿意告诉朋友，也不愿意告诉爸妈，只憋在心里，一个人独自承受着。有时，我偷偷哭着，真的怕自己承受不了。我也常觉得神思恍惚，对什么事都毫无兴趣。

梅子老师，我不知道怎么办了，我只是觉得好难受啊。

您的读者：叮当

亲爱的叮当宝贝，我想给你讲个有关树洞的故事：

传说在很久很久以前，有一个国王，因长久的情绪郁结（为了维护国王的威严，他有了心思从不对人说），患上了一种怪病，好好的耳朵，突然间长啊长啊，竟长成了一对驴耳朵。这个秘密除了国王自己知道，再无他人。国王为了掩盖这个秘密，不得不整天披着他长长的头发，戴着他重重的王冠，来遮掩他的一对驴耳朵，睡觉了也不敢把王冠摘下。

然而，有一天，国王的这个秘密，却不小心被一个理发师发现了。理发师大吃一惊，这真是个天大的秘密啊！他多想告诉别人，可又怕被国王杀掉。因为，国王威胁他，如果再有第二个人知道这个秘密，他的脑袋肯定要搬家。

理发师从王宫回家后，就一副愁眉不展心事重重的样子。家人追问他到底怎么了，理发师坚决不肯吐露半个字。就这样，国王的秘密，像一块巨大的石头，压在理发师心上，他做什么事都无精打采，他快被国王的秘密折磨得疯掉了。愁苦中，他走到一片森林中，遮天蔽日的树木，让他的情绪渐渐平稳。这时候，他看到一棵树上，镶着一个大大的树洞。那方树洞，像无言的眼睛，温柔地凝视着他，似在鼓励他大胆说出心中的秘密。理发师不由自主地靠过去，对着树洞，大声说出了国王的秘密，笼罩在他心头多日的阴霾，不翼而飞。

恢复了健康的理发师，决心帮助国王。因为他知道，只有医好了国王的心病，他才是万无一失的。他于是再度进宫，悄悄建议国王，去找一个树洞，大声说出心中的秘密。国王采纳了理发师的建议，跑到大森林里，找到一个隐蔽的树洞，对着它，把多年来的积郁，一吐为快。奇迹发生了，国王的一对驴耳朵悄悄消失了。国王快乐极了，他终于又可以束起他的长头发，做回了正常人。

叮当宝贝，每个人都有属于自己的小秘密，这些小秘密，有时会从我们的胸中，挤着拥着要飞出来。但我们却苦于不能说，天长日久，它会像传说中的国王一样，长出一对"驴耳朵"，我们更会因它忧愁、苦闷、羞愧、痛苦，甚至绝望。就像你所说的，你心中的烦恼，不愿向家人和朋友倾诉，只一任它们憋在你心里，憋得你好痛苦。你常觉得神思恍惚，对什么事都毫无兴趣。

那就找一个你的"树洞"，寄存你的那些小秘密吧。人的情绪有时需要发泄，如不及时发泄出来，只一味死守在心里，它会发酵，直至把你的心塞满。到时，你想不受它左右也难。这个"树洞"，可以是无垠的旷野，可以是一截少有人光顾的短墙，可以是一条河流。也可以是一座桥、一丛花、一棵树。记得我小时受了委屈，特喜欢跑去屋后的竹林里，对着一棵竹子哭诉。那棵竹子上被我刻上了我的名字，我亲切称它为"我的竹子"。每当我倚到它的身上，诉说完心中的烦恼后，我重又变得快乐起来。上学之后，我又迷上了写日记。我的日记本就成了我的"树洞"，从小学，陪伴我到中学，到大学，一直到现在，好的坏的情绪，我都会对它倾诉，它总是温柔地接纳，默默倾听，从不背叛，宽容又大度。

　　叮当宝贝，如果可以，也把日记本当作你的"树洞"吧。当有一天，回过头来，你会发现，那些所谓的疼痛和纠结，不过是花开时的颤动。你唯有感激。

梅子老师

第 N 个"树洞"

1

丁老师，我想问你一个问题，是每个人都有优点，还是有的人一个优点也没有？就像我这样的，学习不好，长得不咋样的。

小读者

宝贝，当然每个人都有优点呀，没有优点的人是不存在的。只不过有的人优点很显现，有的人需要慢慢去发现罢了。

你肯定也有优点呀。你四肢健全不？你健康不？你头脑清晰不？你笑起来很阳光不？你很善良不？你有时也很努力，是不是？这都是你的优点呀。

别把自己否定得一无是处，这世上，只有一个你，谁也替代不了的你。你是唯一的，自然就是最好的。

梅子老师

谢谢丁老师，我四肢健全，头脑清晰，笑起来阳光，也很努力上进。

对，丁老师，我只是没有发现我的优点罢了，而且世界上只有一个我，我被代替不了，谢谢老师。

小读者

2

我特别内向，并有抑郁倾向。在学校里一个朋友也没有，也就回答问题说说话，我经常感到没有朋友，很自卑。我在家里，话语连篇，我也不知道为什么。

小读者

嗯，宝贝，众生喧哗，而你是安静的那一个。这又有什么不好呢？自古以来，最是知音难觅。那咱就随缘好了，有朋友固然值得庆幸，没朋友也没有什么可自卑的呀。自然万物，花鸟虫鱼，书籍美食，音乐艺术，都是咱的朋友。这世上，没有人是一座孤岛，每个人都与这个世界有着千丝万缕的联系，如鱼在水，如花在野。爱自己，爱人生，你将拥有美好的未来。

梅子老师

3

老师，我昨天跟我妈妈聊起了我的未来和我坚持了十年的梦想，她就用一句"别做梦了"来结束对话，我们一直冷战到现在。梅子老师，我究竟该怎么做呢？

小读者

宝贝，跟他们聊不下去了就拐个弯，默默去做，去坚持。你已坚持梦想十年，那再坚持个十年会怎样呢？奇迹都是在坚持中发生的。不用试图获得外界的支持和帮助，咬咬牙靠自己撑下来的坚持，才是货真价实的东西，也是最香的最动人的。

梅子老师

嗯，老师，我知道了。我会试着做自己坚强的后盾的。

小读者

4

梅子老师，我真的希望有人告诉我人是有宿命的，可是世界又是那么的真实，我无法热爱生活，我感到茫然。我又想起一些从前根本看不懂的话，比如"我用尽全力度过平凡的一生"，比如"人生的意义也许永远也没有答案，但就是要享受这种没有答案的人生"，比如"真正的英雄主义就是在认清生活的真相后依然热爱生活"，这些从前不能理解的话我终于弄懂了。可是我感觉好痛苦，好无力，可能我是真的属于那种整天没事就在家里瞎想的人，但我也曾奋斗过，拼搏过，可我现在已经被永远没有回报的努力榨干了。我不知道该怎么办。

读者

姑娘，你还好吗？春去夏来，自然界是这么活着的。人呢，也是吧。我今天吃到美食，嗯，新煮的玉米，糯糯的，黏黏的，特别好吃。我就想啊，为了这几口好吃的，我也要好好活着呢。生命很轻，可以眨眼之间就飘走了。可生命又很重，双脚踩在大地上，风是轻易吹不走我们的。所有的努力都会得到回响呢，只是你过于看重结果，而忽略了一些小小的回响。不信，你每踩一步下去，侧耳听听，是不是有脚步声？

我很期待明天我会遇见什么。我很贪恋这个尘世的烟火和温柔。希望你夏天过得快乐。

梅子老师

谢谢梅子老师，我有些懂了。

我试图去热爱每一步发出的回响。

祝老师永远快乐。

读者

5

梅子老师，我真的很难过。我的语文老师总是在误会我。我没做过的事她也总是强加在我身上。我说真话，她也觉得我在说假话。可我没有啊，我真的很难受。我就想老老实实过完初中三年，可是她总在讨厌我，针对我。

小读者

宝贝，我们先平静一下情绪哦，莫难过了。然后冷静地想一想，自己身上是不是有什么不足，而引起老师的误会呢？如果有，努力把它改了，并向老师做出解释。

老师面对的是一个班的学生，而不是你一个，她没有必要针对你的是不是？她也不可能把注意力全集中到你一个人身上。既然有误会，那就想办法消除误会。我建议，给老师好好写一封信吧，态度诚恳地理清所有事情的来龙去脉，欢迎老师对你进行批评指正。你做到这个地步了，如果老师还不能理解你的话，那就随她去吧。清者自清，水落石出，相信时间会给你做出最公正的判断。

梅子老师

老师老师，我按你教的方法去做了，老师找我谈话了。她还笑着向我道歉了。我真高兴。谢谢梅子老师。

小读者

6

梅子老师，我是一名初三的学生，感觉到压力特别大，怎么缓解啊？

小读者

宝贝，所有的压力，都是由多思多虑引起的，患得又患失，每天把自己弄得紧张兮兮的，实际上收到的效果却甚微，因为，好多时间都用来胡思乱想了。不如把那个时间匀一点儿出来，奖励自己，哪怕一刻钟也好。在那一刻钟里，你是自由的，你可以娱乐，·可以休闲，可以什么也不做地躺平了。

管它去呢，且许我一刻钟的自由。如果每天你都能给自己留一刻钟，心情会变得轻松许多。

梅子老师

好的，谢谢梅子老师支招。我今天让自己学唱了一首歌，感到很快乐。

小读者

7

梅子老师，我现在伤心死了。我有一个朋友，在她最难过最孤独的时候，是我陪她度过的。她也说过，很感谢我。后来，她有了新的朋友，却渐渐地对我爱理不理的。今天，我们为了一件事，还闹起矛盾。我就发了一条QQ说说：你有晴天，我有细雨。她跑来质问我，你发消息恶心谁？我真不知我做错了什么。梅子老师你能帮帮我吗？

小读者

孩子，为这样的小事伤心，好像不值得哦。朋友在最难过最孤独的时候，你陪伴了她，这是你的善良和情谊。但你不能以此作为筹码，来绑架友谊哦。

她有结交新朋友的权利，也有疏远你的权利。你和她，能处则处，不能处则分，不必勉强。管好你自己的事，力争做个优秀的人。你若盛开，蝴蝶自来。世界大得很，你也会遇到很多新朋友的。

梅子老师

我知道怎么做了。谢谢梅子老师愿意倾听我的烦恼。

小读者

8

我是一名教师，女儿初二，老师推荐看一下你的书，我一翻开，就被吸引了，感觉轻声慢语中，给人一种向上的力量。想和你聊聊你对几个事情的看法，好吗？

一、关于教学中带来的压力、学校的排名，您怎么看？成绩不好如何调节呢？我是一个特别在乎别人评价的人，而且好的成绩与所有评优挂钩。你会有这样的烦恼吗？

二、初中学生该不该有手机呢？孩子有事爱和自己顶嘴，你曾遇到过吗？还有，如何看待孩子看电视这件事？

读者

第一：我做老师那会儿，曾带过多年高三毕业班。我只尽心尽力去教，善待每一个孩子，每次出成绩，也都不会差到哪儿去。我也没有特别看重排名，自己心里有杆秤吧，清楚自己已经尽力了，考得好，我自然高兴。考得不是太好，我也不会不高兴。坦然着呢。至于评优，我一次都没要过那东西。不就是多了几百块钱的事？那么多同事争着，我有点儿不好意思挤进去。

不要太在乎别人的眼光，谁都不是完美的人。

第二：彻底地让孩子不碰手机，好像不大现实。毕竟现在的网课呀查查资料啥的，都要用到手机。跟孩子约法三章吧，在什么情况下可以用手机，用多长时间。双方都遵守约定。家长也要做好示范，别有事没事捧着个手机刷刷刷，还是捧本书吧。

孩子顶嘴，那是正常的呀。孩子有了自己的独立意识了嘛。大人说的话并非全是真理，要允许孩子质疑。我跟我儿子经常辩论。

不让孩子看电视，也不大现实。除非你家里不装电视。也跟孩子来个约法三章吧，每个周末，可以看半个小时。

梅子老师

谢谢丁老师的耐心解答。有您的引导，是孩子们的福气，也是我们做家长的福气。祝您身体健康，精神永远明亮。

读者

9

　　梅子阿姨，看过您的写景文章，特别好。可是恰恰写景作文是我的硬伤，我就是不能像别的同学那样表达出那种意境美。我很喜欢写作文，可是总是写作之前想到很多，每当动笔写的时候却不知道怎么开头是好。您能给我一些好的建议吗？

读者

　　宝贝，除了多读、多写，没有别的法子哦。

　　每天写两行，写写日出的美，写写日落的美，写写天上云变化的样子，写写风走过耳旁的声音，写写花盛开的模样……让自己变得敏感起来，坚持不懈。某一天，你会突然发现，啊，原来写景是这么容易啊。

梅子老师

　　好的，谢谢梅子老师。我会努力去写的。

读者

10

老师，没有谁可以再让我倾诉，世界上只剩下了灰暗。

每个人都那么虚伪，那么不可信。能够值得我相信的，只有陌生人了吧。老师，原谅我把你当成陌生人。

身边是优秀的同学那刺目的成绩和奖状，还有就是自己努力化为泡沫的绝望。我对自己越来越没有信心了，好怕自己考不上高中，好怕自己没有活下去的勇气。

老师，我该怎么办，面对这虚伪的世界，我该怎么办，是当被人操纵的木偶吗？真的很恨自己，也恨这个社会，老师，你能懂吗？

读者

好孩子，这世上，是橘子注定成不了苹果。那就安心做只橘子好了。为什么总要和别人比呢？成绩好的同学固然让人羡慕，可考试成绩不代表人生的全部啊。你做好你自己就好了。

努力了，没有达到预期目标，的确叫人遗憾。可如果不努力，情况只能更糟糕呀。我们能不能换个角度看待学习这件事，我努力了，我就无憾了。许多运动员本都是冲着赛场上的冠军去的，但真正能得冠军的又有几人？可他们努力的每个日子，都闪闪发光呢。因为没有虚度呀。

在没大考之前，都不要去想考得上与考不上的事，继续努力就是了。

你才遇到几个人呀，就把这世界一棍子给打死了？阴霾虽然时常有，但阳光还是占着主流的。

梅子老师

您说得对，或许是我太悲观。可是，现在的社会，不就是这样的吗？没有任何人会在这样的社会里安然。老师，恕我冒犯，您敢说，您能不受外界的影响，处之泰然吗？

读者

外界还真的拿我没办法。因为我不听它的呀，我只听从我的内心，活得清明而清澈。

宝贝，修炼自身吧，多读书，向书中先贤们学习为人之道。多走进大自然，向花草树木学习生命之道。当你的内心变得丰盈而强大，外界再多的喧哗，也撼动不了你。

我也希望你，学会宽容。当你有了宽容之心，你会发现，世界也对你宽容了。

梅子老师

好的，谢谢老师。我会向您学习，做个宽容的人。

读者

11

我是一个喜欢写作的人，写一些自己的小感悟、小情调，但发表的并不多，可见我的文字功底不是很好。现在只在我们这个小城市的晚报和日报发表一些文章，现在写文字的人太多了，没有一点儿特殊的文笔，很难持续走下去。

我想问您，如果喜欢写作，即使没有什么成就也应该坚持下去吗？

还有一个问题，如何能够提高自己的写作水平呢？多看多写吗？除此之外，还有什么好的方法？

希望不会打扰到您，期待您的回信！

读者

先拥抱一个。一个爱好写作的人，是多么美好的人啊。希望你永远如此美好下去。

在回答你的疑惑前，我很想知道，你，为什么要写作？是因为要发表？是因为要成名？

倘若是真心喜欢，那就不会在意什么结果，你说对么？带着明确的目的性的喜欢，是很沉重的呢。虽未尝不可，但我以为，那样走路，会很累很累，一点儿都不快乐。而喜欢一件事，应该是很快乐很享受的。

写下去吧，每天写几行字，日积月累，也就多了。写作上没有什么捷径，也没有什么好办法速成，它真的靠的是强烈的兴趣和爱好呢。还有，要耐得住寂寞，守得住清静。

你不要去管会走到哪里，会得到什么。也许走着走着，花就开了。

梅子老师

梅子老师，您好，您的回信我记下了，不管结果，走着走着花就开了。这也是最美好的事情。写作不能有功利心，那样会很累。的确如此，前些日子，一心想着写作，一周写了三四篇，并投了出去，总等着来信，但结果您应该想到了，那段时间就会很不开心，很有压力；这段时间没有强制去写，而是读书，感到轻松了许多。

很感谢您的回信。坚持下去吧，我会走得慢点，但不会放弃。

祝您生活愉快！

读者

12

　　梅子老师，我没有抑郁，但我很不喜欢同学聊八卦，特别是关于"爱情"的，说其他年级的事或"××好漂亮哦"，感觉他们好无聊，还聊着聊着就说到我身上了。我很快乐，真的没有抑郁，我觉得活着很美好，但这个问题从我上初中后就有了，您能帮我解决一下吗？另外我很喜欢您，也喜欢您的文章，疫情期间给了我很多治愈。很幸运能和我非常喜欢的作家之一进行这种心声对话。

读者

　　哎，别对"抑郁"两个字这么敏感嘛。谁都有忧伤的时候，难不成一忧伤就是抑郁了？你觉得活着美好便是美好。

　　不喜欢同学聊八卦，是你的生活态度，你坚持着就是了。就像对于臭豆腐，如果咱不喜欢吃，就不吃。但，你要允许别人吃是不是？不把自己的喜好，强加在别人的身上，这是做人的修养哦。人家喜欢的，只要没有触及法律法规，没有触及道德底线，又有何不可？做人要大度一些，你不喜的，你避开就是。

梅子老师

谢谢梅子老师。我现在觉得聊八卦也没啥了，有时也跟着聊聊，哈哈。

读者

13

梅子姐姐，我是一个快成年的女孩。我妈总是看不到我的努力，总是否定我，让我很不自信。我好难过。我现在一度感觉自己可能真的什么都做不好。

读者

哎，宝贝，自己知道自己很努力就好了呀。妈妈看不到，那是妈妈眼神儿不好，对一个眼神儿不好的妈妈，你除了原谅她，还能做什么呢？那就原谅她呗。

自己肯定自己，是战胜一切困难的法宝哦。不要一件小事做不好，就否定全部。偶尔摔个跤，难不成就不会走路了？相信自己，我行，我能，我一路且歌且舞。

梅子老师

14

请问梅子老师，怎么才能让作文分数稳定下来呢？我作文的分数就是忽高忽低。真的困扰我很久了。

读者

这个很简单呀，让你的每一篇文章都写出真情实感，都有它闪亮的地方，得分自然就不会低了。

平时还是要多练多写才行。写不离手，到写作文的时候，自然而然就能做到行文如流水了。

梅子老师

15

梅子姐姐，我是你的小书粉，看了你的文章我会觉得很温暖，也明白了很多道理，可在现实生活中为什么人们总是急于奔波，忽略了太多美好？

读者

宝贝，有人出于无奈，因为要解决生存问题，要保证一家人的温饱；有人因为失了热情失了自我，随波逐流，被生活裹挟着而行；有人出于利益心，所谓"天下熙熙，皆为利来；天下攘攘，皆为利往"，拥有了一坛金子，还想拥有一座金山，欲望总得不到满足。

我希望宝贝能成为一个既烹得了烟火，又能拈花一笑的人。

梅子老师

谢谢梅子老师。嗯嗯，我一定争取做一个美好的人。

读者

16

亲爱的梅子老师，我是一名初一的学生，昨天刚刚考完试，晚上回来自己对答案，考得很差。我哭了，哭着哭着睡着了。同学们都很棒，每个人都有自己所擅长的学科，但我没有，我没有办法保证哪个学科考好，处处都是竞争，我站在年级前80名的同学里，卑微得像一株小小的草。我希望自己可以有好的状态，考出好成绩，超越我的同学。梅子老师，我该怎么样一直保持很好的状态呢？

读者

小宝贝啊，如果总是想着要比别人好，你永远也不会开心的。因为你的前头永远有比你好的啊。为什么不往后面看看呢，你的后面也站着很多人哎。各人有各人的造化和特长，谁也不比谁强哎。只要尽心就好啦。哪怕最后做一棵小草，我也要美美地开花，这就行啦。

开心比不开心重要。我希望你能每一天都开心，以这样的心态去学习，会轻松许多呢。说不定一下子跑到前面去了，因为你是轻装奔跑呀。

梅子老师

17

梅子老师，您好！我是你千万读者中小小的一个。读您的书《暖爱》，记忆最深刻的一篇就是《粉红色的信笺》。因为它让我很惊讶，一位学生写了一个与学习无关的东西，老师竟然没有把她拉到办公室，或是叫家长来。我当时很羡慕文中女孩有这样好的老师。

我想问您一个问题：到底老师是否能打骂体罚学生。

请您站在老师的角度回答我。谢谢！

读者

我当然要回答，不能。老师嘛，要春风化雨地教育学生。就像我文章中所写的那个老师，对待学生有颗温柔心。

然不是所有的温柔心都能被善待的。当出现了不守校规的学生，三番五次闹事的学生，在课堂上严重影响老师授课的学生，不好好完成作业的学生……你觉得老师又该如何呢？

《三字经》里有句话，教不严，师之惰。又，严师出高徒。戒尺之下，才出人才。鉴于此，适当的惩戒，又是必需的。

如果你遇到一个对你们要求很严格的老师，那么，我要恭喜你宝贝，你很走运。请珍惜那个手拿戒尺眼中有光的老师，好好听他的话，认真学习吧。

梅子老师

18

　　我有天生的胎记，很影响美观。别人脸上都没有胎记，只有我有。我觉得上天是那么不公平，我觉得自己不配社交，于是胆怯懦弱，将自己封闭起来。

　　上课我不敢举手发言，害怕别人盯着我脸上的胎记，每次有人路过我身边都会打量我的胎记。我真想在身上插满镜子，我讨厌那样的眼神。和朋友、家人倾诉，但我知道他们永远无法感同身受。

读者

　　脸上有胎记呀，那是上帝偏爱你了，给你盖了一个印章。你也拒绝不了呀，那么，就高高兴兴收下吧。昂起你的头，迎接那些看向你的目光，怎么了，胎记没见过呀？让你们见识见识！

　　不要怪别人无法感同身受，因为没有长在他们身上呀。也不要老去倾诉，碎碎念上一万遍，它还长在你的脸上是不是？

　　等你再长大一些，等皮肤长老成了，你可以去做激光手术，把它去掉。现在，你就和它好好相处吧。

梅子老师

嗯，我的小姨也告诉我，胎记不是每个人都有的，有了才是幸运的，独一无二的，我会好好和它相处的。

读者

19

我妈妈经常在很多人面前不顾我的形象，完全按照她的意愿强行要求我，不考虑我的感受。我不期望我妈妈有多高的学历，只希望她能用正确的方式教育我，我经常羡慕我同学的妈妈，她们那么和蔼善良。我讨厌我妈妈教育我的方式——粗暴，我一直在想为什么我的妈妈是这样的，别人的不是，为什么是我？

读者

哈，如果可以把妈妈当货物退掉，我想，百分之九十的小孩都会选择退货呢。别看别人的妈妈和蔼可亲，说不定在家里也是唠叨得很，遭小孩嫌弃呢。妈妈已然是这样了，如果你改变不了她，那就改变你自己吧，尽量不让她有在别人面前说你的机会。

妈妈说不定也在感叹，为什么我的小孩是这样的，别人家的不是，为什么是我？

梅子老师

好的，梅子老师，我会渐渐成熟起来，处理好和妈妈之间的矛盾。

读者

20

梅子老师，您的文章真的对我帮助很大，我经常在您的书里收集素材，您的文风让人觉得特别特别舒服，不开心的时候翻看您的几篇文章，烦恼就都烟消云散了。我也努力地朝您的那个方向写作文，但总遇困难，真希望您能看到我。

可能到了初三吧，压力也越来越大，经常都觉得自己快撑不下去了，可能也因为压力我更重视作文了，并且总担心自己写不好。现在自己写作文没有那么轻松，总是找不到素材，真的太苦恼了。

读者

宝贝，首先呢，咱来减减压。初三么，就是人生中的一个小小的节点而已，你认真过着就行了，没必要搬块石头压自己身上嘛。迈过这个节点，有可能是大道通天，也有可能是曲径通幽。别怕，总有一条路可供你走的，每条路上都有各自的风景，好好把握住，人生一样活得精彩哦。

心上轻松了，咱笔下就轻松了。作文呢，没那么可怕，就是搞搞文字排列组合罢了。平常的吃穿住行、落入眼里的一应物事人事，皆可以请进文字里。写普通人、普通事、普通情、普通景，注入你的真感情。嗯，你就无往而不胜了。

梅子老师

嗯嗯，好！谢谢梅子老师的指点！太感动了！

读者

21

梅子老师，您好！我是您的读者，从小学开始一直很喜欢您的书，现在我马上初三了，现在遇到了一个问题，希望您能为我解答：

我和一个朋友在这个暑假每天都聊天，关系越来越好，前几天他为了拉近我们的关系，还认我做妹妹。这本是一桩好事。但昨天我问他几个问题，觉得他对我很好，可他说"是因为我比较特别，不然他也不会这样对我"。这句话让我很是难过，可又说不清楚难过在什么地方。您觉得呢？

读者

宝贝呀，想这么多干吗呢？与人相处，只求坦荡。你坦荡了，就能迎接任何变数。

再说，谁不特别呀？哲学家说，这世上，从来没有完全相同的两片树叶。同样的道理，这世上，从来没有完全相同的两个人。每个人都是独特的呀。

梅子老师

22

敬爱的丁立梅老师，您好！

因为一次偶然的机会，看到了您的公众号，特别喜欢那些文章，也特别喜欢您。

我常常在经历一些事情之后自我陶醉，想要将它们记录下来，可是有时候也只是感动了自己，感动不了他人。这应该怎么办呢？向您取取经，希望老师给予指导。

读者

谢谢你喜欢我呀。

你只管记录你的哦，只要你觉得快活。

平平常常的人生，本没有多少轰轰烈烈的事情，一些细微的日常，有些人会感动，有些人会漠然，每个人的触感不一样呢。当然，也可能是你没有把一件事情叙述好，引不起他人的共鸣。

平时多动笔，多动嘴。动笔写，动嘴讲。文字多用些口语化的，少耍文艺腔，天长日久坚持下来，你就能熟练掌握叙事方法了。

梅子老师

好的，谢谢梅子老师。我记录，我快活。我会一直记录下去的。

读者

23

梅子老师，您好呀。

素未谋面，可是我真的好喜欢您！

老师是个温暖人心的作家。不瞒您说，我常常守着公众号看您的文章，我是一个消极的人吧，但我也渴望乐观，常常矛盾又自失。新的学期就要开始了，马上我就是一名初三的学生了，我不想再矛盾迷茫下去了，不知道老师可不可以来温暖一下我呢？我很需要您。

读者

宝贝，不矛盾、不迷茫那是不可能的呀。生活本就是一个矛盾统一体，有阳光，必有阴霾；有白天，必有夜晚；有花开，必有花落；有草长，必有草枯；有相聚，必有离别；有欢笑，必有忧愁……没有矛盾，生活也就失去滋味了。

只是呢，我们要懂得苦中求趣，知足常乐，生活总是充满等待和希望的，明天又是新的一天。

嗯，我刚刚阅读时，看到这样一段话，觉得不错，我把它送给你吧：

做自己，多注意自己所拥有的，同时，接受自己的无知和有限；少去想那些原本不属于自己的，同时接受世界的深广和无限。

祝你初三学习顺利！

梅子老师

谢谢老师送给我的话，我本能地记在心里了。我保证，我会努力，做好自己，做好这一切。送上我的祝福！爱您！

读者

24

老师，我读您的文章已经很久了。

我现在还只是一个大学生，也是在上了大学之后，我才发现大学和我想象的很不一样，尤其这段时间特别累，每天都在做各种作业、项目，经常要熬夜到很晚才能睡。

可能是每个阶段都有自己的压力吧。但您一直都是我的目标，我也好想成为像您一样懂得生活，见微知著的人。

读者

恭喜宝贝呀，你现在的日子，过得好充实呀。

当然，这份"喜悦"和"自豪"，总要等一些年后，你回过头来再看的时候，突然涌上你的心头，你会羡慕且神往地说，啊，我的青春，过得好丰富啊，我没有辜负日子。

你要相信，每一个你在努力的瞬间，将来都会开花结果的。

也要适当学会减压哦，在完成作业、项目的间隙，找点乐子，比如，去寻一份美食。对我来说，这世上，唯文字和美食不可辜负。

不要把我当目标哈，我只是个平常人，你会超过我的。

梅子老师

老师，您说话好风趣好有哲理呀。我开心地笑了。我懂了。

我还是要当您是我的目标，向您看齐，爱文字，爱美食（偷偷告诉老师，我特别爱吃零食）。

读者

25

梅子老师，我很焦虑。我既不是学霸也不是学渣，不逃课也不捣乱，我的青春是安安静静的。

我想考入自己喜欢的那所高中那所大学，可竞争太激烈了，我根本不敢往前冲，但我又不甘心。

读者

哎呀，我要祝福你呀宝贝，你既不是学霸，也不是学渣，说明你是个平常人呀。做个平常人多幸运啊。周国平为我们平常人说过这样一段话，甚好，我把它送给你：

人世间的一切不平凡，最后都要回归平凡，都要用平凡生活来衡量其价值、伟大、精彩，成功都不算什么，只有把平凡生活真正过好，人生才是圆满。

那咱就把咱的平凡生活过好呗，每一个日子认认真真地过，扎扎实实地开心。最后能考上所喜欢的学校自然是好事儿，不能考上也算不得糟糕，日子还会一天一天过下去的，在那些日子里，同样会时时遇到惊喜。

梅子老师

26

梅子老师您好，我是您忠实的书迷。我一直都活得挺压抑的，我没有交心的朋友，也不习惯和父母沟通。在喜欢上您的文笔之后，每次难过的时候，我就会拿出您的书，静静地看几篇文章，感受一下生活的美好，这样一想，似乎就没有那么伤心了。

现在我给您发这样一段话，没什么特别的意思，只是今天心情不太好，很想找个人说一下，我没什么朋友，只能发给您了。不知道为什么，敲下这些话后，我心里也平静了许多。

读者

好的宝贝，欢迎你，这里是你永远的"树洞"。

这世上，能交心的朋友很难寻的。不瞒你说，我至今也没有一个。但我一点儿也不感到孤单，我把书当知心朋友，把写作当知心朋友，把大自然当知心朋友，把艺术当知心朋友。

当然啦，日常交往的朋友也要有的哦。因为走上社会，我们免不了要跟各种人打交道，或许有些人就入了你的眼呢，他们会成为一段路程上愉快的同行者。

梅子老师

27

梅子老师，我今年向暗恋了三年的男生表白了，然后交往了，之后因为中考就暂时先不联系了。但是中考结束之后，他却和我提出分手，原因是觉得恋爱太麻烦了，我也同意了。但是我真的很伤心，那天哭了一晚上。我朋友和我说可能是因为他不够喜欢我，因为如果真的爱一个人，是绝对不会嫌麻烦的。但是，我真的放不下他，也很怕会影响以后的学习和生活，所以就想着来请教您一下。

我该怎么办呢？

读者

傻姑娘，还能怎么办呢？难不成去哭着求他，再爱你一次？

你已爱过，这段少年的时光很美很美，这就很好了呀。挥挥手朝前走吧，你还要走进你的青春里，还要走到更广阔的天地中去，那里的花草树木更葳蕤。

现在，收拾好你的心情，投入到学习中去吧。当你拥有的知识越丰富，你所见到的世界就越宽广。到那时，你的白马王子，自会驾着马车来找你。

梅子老师

谢谢梅子老师。我懂了。我会加倍努力，好好学习的。等我考上大学，我会第一时间告诉您。

读者

28

丁立梅老师，您好！我是一名初二学生，很喜欢读您的作品。有一个问题想请教您：您在《一一风荷举》中有一句话，"好时光原是容不得打马飞奔的，须得一丝一缕地珍惜，才不算枉度。"您说好时光应一丝一缕地珍惜，而老师和父母都教导我抓紧时间，合理利用时间才是珍惜时间。请问您对这两种观点有什么看法？谢谢。

读者

宝贝，这两种观点，说的其实是一个意思呀，都是指要"珍惜时间"。只是从不同角度阐述罢了。我说的一丝一缕地珍惜，就是指不浪费眼下的每一分每一秒，让它们都能发挥它们的功效。这跟老师和父母说的"抓紧时间"，本质上是一样的。

梅子老师

29

梅子姐姐，我开学就高三了，但好像一点儿压力都没有。唉，也不是一点儿没有，就是这一点点压力还不足以支撑我努力学习。我也想鼓足劲好好学习，但最后都以失败告终，我知道是我决心不够，但就是心里挺别扭。明明想好好学习，明明想加把劲儿考个好大学，但自己就是不争气。

是我不配了。

我语文太差了。

此时此刻我竟然不知道怎么形容我现在的心情。

读者

哈，我笑了。

真有你的。

我教你念一个口诀吧：学完就吃，学完就玩儿，学完就睡，打怪升级一路通天。

束缚一下自己想飞的心呗，必须做完这道题，才可以吃饭；必须背完这段课文，才可以玩耍；必须写完这篇作文，才可以睡觉。当你每完成一项学习任务，就如同打怪升级一般，心情应该很喜悦。

来，试试吧，从现在起。祝你高三学业顺利！

梅子老师

30

丁老师，读您的书，发现您的笔名是梅子，所以，我可以叫您梅子吗？我转学了，以前一直在上海上学，只想有一个可以倾诉的地方。以前在《读者》上读到一篇叫作《树洞》的文章，我也希望有一个树洞可以倾诉。

转到江苏来，我一直没有遇到交心的好友，以前最好的朋友在不同的地区上了私立学校，而我原先也打算上私立学校，可人家没有录取我，我觉得我和那个朋友已经渐行渐远了……我好羡慕你在书中描写的生活，那给了我很大的触动，我觉得自己有些矫情，大家都在为学业和工作奔波，只有我在不满地抱怨。

您说我该怎么办呢？我对生活有很大的期待，可又对未来的生活害怕。

读者

宝贝，这里就是你的树洞，梅子树洞是也。欢迎你前来哦。

如果真的是好朋友，不会因距离的分隔而渐行渐远的，只是暂时分开来而已。到假期，你们一样可以相约了再聚的呀。如果不能回到从前，说明你们的缘分尽了，那就随缘吧。没什么可叹息的，人生不就是聚聚合合分分离离吗？春去了有夏，夏走了秋来，嗯，就是这样的。一切顺其自然，心儿澄澈，眼神明亮，还有什么可抱怨的？

不要对生活做出很大的期待，而是要对你自己做出期待才行，一天比一天进步，一天比一天变得更好，这样的你，带来的生活和未来还会差吗？

梅子老师

31

梅子老师您好，我是一名初三学生。前天我们班有一名学生煤气中毒去世了，突然觉得人生无常，心里灰灰的，很迷茫。

读者

宝贝，的确，人生无常。谁也不知道，明天和意外是哪个先到来。我们唯一能做的，就是珍惜今天，珍惜当下，珍惜身边人、眼前事。管它明天如何呢，只要今天我们都在，只要把今天狠狠爱过了，就没有辜负我们来人间一趟。

梅子老师

谢谢梅子老师！您说话，总使人豁然开朗。我一定好好爱今天。

读者

32

我很想让自己变成一个充满朝气的女孩，但是现在我身边围绕的都是负能量。我不知道该怎么办了。

读者

嗯，这个时候，就让自己变成一束光，给黑暗照出一个通道来。通道的那头，就是希望。在无法突围的时候，就静心守好自己，不要让心头的火焰，被风吹灭。等一等，再等一等，云开了，雾散了，光明就来了。光明它终究会来的。

梅子老师

33

梅子老师，我快要开学了，我好害怕和新同学相处，我也害怕新环境，我好想找一个没人的地方待着，我好焦虑和不安，不知道怎么去面对未知的未来。

读者

啊，为什么不是怀着兴奋的心？想想你的新学校是什么样子；想想里面栽了多少棵树，开了多少种花；想想新同学都会是哪些人；想想他们长什么模样，有什么样的性情。

对未知的事物，抱着极大的兴趣，你的焦虑和不安，就会自动跑远啦。

别担心，未知的未来不用你去面对，你走着走着，就走进它的世界里了。

梅子老师